A Força do AMOR

CIP-BRASIL. CATALOGAÇÃO NA PUBLICAÇÃO
SINDICATO NACIONAL DOS EDITORES DE LIVROS, RJ

N423f   Neves, Edson Pereira
           A força do amor / Edson Pereira Neves. – 1. ed. – Porto Alegre [RS] : AGE, 2023.
           271 p. ; 16x23 cm.

           ISBN 978-65-5863-169-9
           ISBN E-BOOK 978-65-5863-168-2

           1. Crônicas brasileiras. I. Título.

22-81468   CDD: 869.8
                        CDU: 82-94(81)

Gabriela Faray Ferreira Lopes – Bibliotecária – CRB-7/6643

Edson Pereira Neves

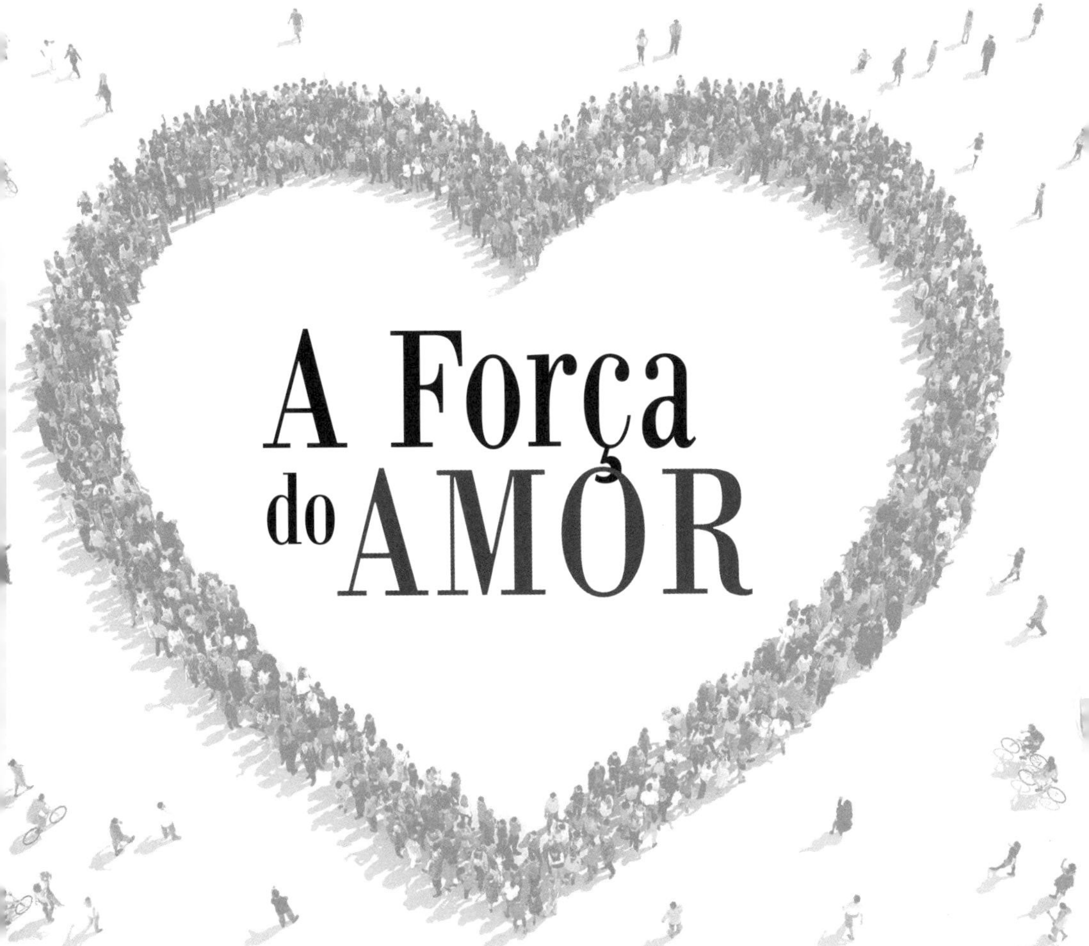

A Força do AMOR

EDITORA AGE

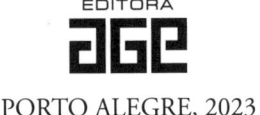

PORTO ALEGRE, 2023

© Edson Pereira Neves, 2023

Capa:
Nathalia Real,
utilizando imagem de Arthimedes/Shutterstock

Diagramação:
Nathalia Real

Assessoria de texto:
Daise Neves Hans

Supervisão editorial:
Paulo Flávio Ledur

Editoração eletrônica:
Ledur Serviços Editoriais Ltda.

Reservados todos os direitos de publicação à
LEDUR SERVIÇOS EDITORIAIS LTDA.
editoraage@editoraage.com.br
Rua Valparaíso, 285 – Bairro Jardim Botânico
90690-300 – Porto Alegre, RS, Brasil
Fone: (51) 3223-9385 | Whats: (51) 99151-0311
vendas@editoraage.com.br
www.editoraage.com.br

Impresso no Brasil / Printed in Brazil

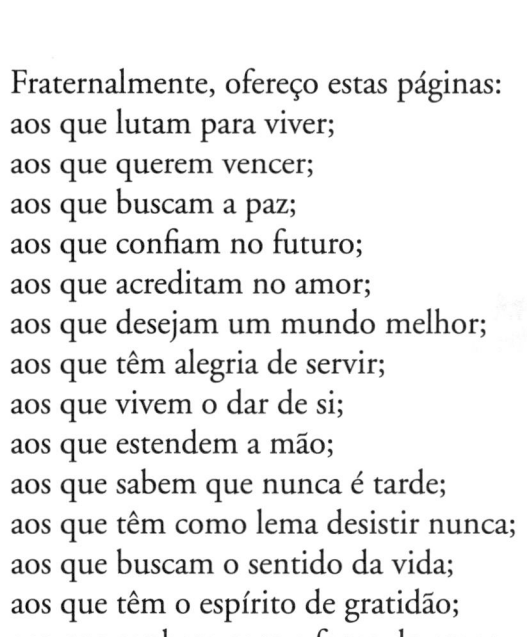

Fraternalmente, ofereço estas páginas:
aos que lutam para viver;
aos que querem vencer;
aos que buscam a paz;
aos que confiam no futuro;
aos que acreditam no amor;
aos que desejam um mundo melhor;
aos que têm alegria de servir;
aos que vivem o dar de si;
aos que estendem a mão;
aos que sabem que nunca é tarde;
aos que têm como lema desistir nunca;
aos que buscam o sentido da vida;
aos que têm o espírito de gratidão;
aos que sonham com a força do amor.

Endereço também aos meus netos:
Danielle, Gabrielle, Gabriel, Júlia, Henrique e Pedro, todos vivendo em busca do saber.

O autor

Ler é fundamental

Que bom me encontrar com você, meu amigo leitor, através deste oitavo livro, que intitulei *A Força do Amor*. Nele procuro demonstrar que, praticando atos de amor, seremos sempre beneficiados com momentos de felicidade. Aqueles que já tiveram a oportunidade de ler os livros anteriores, perceberão que apenas busco inspirá-los a enfrentar o complexo e dinâmico ambiente dos dias atuais, e sair dele vitorioso. No decorrer da vida, não podemos ser apenas meros espectadores, mas precisamos entrar em campo, sabermos jogar e sairmos vencedores.

Intitulei essa abertura de "Ler é fundamental", e vejo que você concorda comigo, ao iniciar a leitura deste livro. Vamos permanecer juntos até sua última página.

Enquanto redijo esta introdução de *A Força do Amor*, em minha casa de praia, num dia ensolarado e de temperatura agradável, vejo que no sofá, deitado, está o meu neto mais novo, de apenas oito anos, que já há algum tempo está lendo o livro *Diário de um Banana*, de autoria de Jeff Kinney, com 218 páginas. Observo que ele deu uma parada e aproveito para perguntar: "Quantas páginas você já leu?" E ele responde: "Estou na página 118". Que belo começo, desde cedo amando a leitura! O papel dos pais, estimulando seus filhos, desde pequenos, a lerem bons livros, representa a esperança de dias melhores. Amar, orientar, cuidar, alimentar, proteger e ler são seis verbos essenciais que os pais devem saber conjugar. Que maravilha apreciar a leitura desde os oito anos de idade!

Diante desse quadro maravilhoso de uma criança lendo e amando a leitura, veio-me à lembrança a canção "O que é, o que é?", de Gonzaguinha:

Eu fico com a pureza
Da resposta das crianças.
É a vida, é bonita.
Viver e não ter a vergonha
De ser feliz.
Cantar, e cantar, e cantar
A beleza de ser um
Eterno aprendiz.

Pena que poucos sabem que a leitura nos mostra tudo que o mundo pode nos oferecer. Confesso que, com muita tristeza, vi a pesquisa efetuada por Retratos da Leitura no Brasil, a qual revelou que o brasileiro lê em média apenas 2,43 livros por ano.

Ler é cultura, e cultura é poder.
Ler é atingir maturidade intelectual.
Ler traz novas ideias e estimula a autonomia.
Ler nos leva a lugares desconhecidos.
Ler nos abre horizontes, nos provoca e nos faz pensar.
Ler nos prepara para a vida.
Tenho certeza de que ler é fundamental. Logo, leia muito, e muito você pode aprender.

O autor

Compreender a si mesmo requer paciência e tolerância. O "Eu" é um livro de muitos capítulos que não podem ser lidos em um único dia. No entanto, quando você começar a ler, deve ler cada palavra, cada frase e cada parágrafo, porque neles há indícios da totalidade. O princípio é, em si mesmo, o fim. Se souber ler, poderá encontrar a mais alta sabedoria.

Jiddu Krishnamurti

Sumário

"Torna-te quem tu és" 15
Quem você pensa que é? 17
Sim, eu posso! 19
A dignidade humana 21
Todos nós somos um 23
Os que fazem a diferença 27
Só depende de você 31
O que é a vida? 33
A vida é tua 37
A vida é uma causa perdida? 41
Um propósito de vida 47
Por que eu? 49
É preciso saber viver 51
Entusiasmo pela vida 55
Trem da vida 57
As ironias da vida 59
Os Estatutos do Homem 63

A fábula do imbecil 67
Não espere nada de ninguém..69
Veja com quem andas...71
A regra dos 5 segundos..75
Em busca de sentido..79
Um provérbio educativo..81
Quem sacudiu a jarra?...85
Viver para os outros..87
As definições do amor 89
A força do amor 95
A arte de amar..99
Infinito amor materno...101
O poder das mulheres 107
Os 10 Mandamentos...109
Os sete pecados capitais...113
O pecado da vaidade 119
A receita da felicidade..123
O valor da felicidade 129
Não nos cansemos de fazer o bem 131
O filme da minha vida 133
Eu tenho um sonho...139
Vaca não dá leite...141
Amanhã é um novo dia 143
O sentimento de solidão..147

O poder do hábito 149

As belas surpresas do mundo 153

Sobre o mar..157

Preservação do meio ambiente..............................159

O caminho do sucesso 161

A educação é um direito 163

Os efeitos do celular 167

Os benefícios do autoconhecimento 171

Um clamor pela paz 175

Defenda sua opinião..179

A piscina da verdade 181

Conviver com mudanças 185

As máximas do Barão do Humor..........................189

A liberdade de expressão 191

Tudo vai dar certo 193

Nas asas da esperança 195

Frutos do espírito 199

Faça por merecer 203

O trabalho de dois líderes......................................207

Os doze princípios para a vida...............................209

Espírito de tolerância...211

A lição de um professor...217

Uma taça de vinho 219

Os limites da ambição 223

Quero apenas justiça 225
Um lance de sorte...229
Gratidão não custa nada..233
Em busca da serenidade..235
As pedras do caminho 239
Obrigado por sua amizade..243
Dar tempo ao tempo..247
A eterna juventude 253
O brilho da juventude..257
O papel do esquecimento..259
Considera-se idoso ou velho?....................................261
Deixem-me envelhecer 267
Nada é para levar...269

"Torna-te quem tu és"

A quem deveremos atribuir essa bela e desafiadora frase? Vejo que os historiadores se dividem entre duas grandes personalidades.

Alguns afirmam que ela é de Píndaro, um poeta grego que viveu 500 anos a.C., tornando-se um dos grandes nomes da literatura no seu país. Dizia ele: "Homem, torna-te no que és". Ele ainda aconselhava os seus discípulos: "Não busque a imortalidade na vida, mas esgote todas as possibilidades que estão ao seu alcance".

Outros atribuem a frase a Friedrich Nietzsche, o filósofo alemão que faleceu com apenas 56 anos. Dizia ele: "Torna-te quem tu és. Percebemos que há muita semelhança entre as duas frases, porém o alemão a tomou do grego para dar-lhe uma conotação mais afirmativa e experimental.

Ouso afirmar que para nós pouco importa quem foi o autor da frase, e sim destacar o seu conteúdo pela sabedoria que ela encerra.

Toda criatura humana, indistintamente, deve, ao longo da sua vida, apropriar-se de todas as forças que possui, ajustando todos os anteparos que possam esconder o que é a vida, e a vida em si que ela manifesta.

Todos nós temos um longo caminho para ser lentamente trilhado. Ao longo dele vamos encontrar muitos que querem exercer influência sobre nós. Porém, não podemos permitir que outros façam as escolhas que cabem a nós fazer ou tomem as rédeas de nossa vida. A vida é nossa, e não deles.

E você, sabe quem é?

Ainda há tempo para procurar saber. Aprendi que nós não podemos fazer da vida um rascunho. Temos que lançar os fatos no livro imutável. Nada de deixar para mais tarde passar tudo a limpo, pois esse momento futuro pode nunca chegar.

Confesso que até gostaria de imitar as crianças em várias situações comportamentais. Tenho vários netos pequenos e gosto de observar, na sua inocência, o que eles podem nos ensinar. Vejo que muitas vezes ficam contentes sem nenhum motivo aparente. Eles também estão sempre ocupados com alguma coisa, mesmo que seja brincando. Sabem, junto aos pais e aos adultos, exigir – com toda a força – tudo aquilo que desejam. Mesmo que seja chorando!

Nós, adultos, também poderíamos agir da mesma forma, aprendendo e imitando as crianças, para alcançarmos nossos objetivos. Podem ter certeza que elas têm muito a nos ensinar.

Torna-te quem tu és.

É fácil identificar aqueles que deixam de lado sua personalidade e saem em busca de imitar terceiros, renunciando a seus próprios valores.

Como dito no início, a formação pessoal ocorre após trilhar um longo caminho, cheio de buracos e obstáculos, que exige nossas forças para vencê-lo e desfrutar de uma vida feliz e cheia de paz. Nessa longa caminhada é bom, de vez em quando, dar uma parada e mentalmente enumerar nossas maiores virtudes e, ao mesmo tempo, nossas maiores fraquezas. Após, continuar a jornada, procurando viver intensamente as virtudes e, na medida do possível, desviando das fraquezas.

Vamos procurar viver o dia a dia de nossas vidas, como de fato nós somos. Ora fracos e ora fortes, porém sempre procurando ajudar e inspirar outras pessoas.

Os pais somente podem dar bons conselhos e indicar bons caminhos, mas a formação final do caráter de uma pessoa está em suas próprias mãos.
Anne Frank

Quem você pensa que é?

Vale a pena uma rápida consideração de como você chegou até aqui, uma rápida análise da sua árvore genealógica. Quem foram os seus antepassados, que, de uma forma ou outra, estão ainda hoje no seu DNA? Buscando em apenas 10 gerações, ou seja, nos últimos 300 anos, encontramos números que nos impressionam. Ainda mais quando vemos que são necessários para explicar que você tem:

- 2 pais
- 4 avós
- 8 bisavós
- 16 trisavós
- 32 tetravós
- 64 pentavós
- 128 hexavós
- 256 heptavós
- 512 octavós
- 1.024 eneavós
- 2.048 decavós

Tudo isso representa um universo de 4.094 pessoas. Não deixa de ser uma multidão, que até lota um ginásio esportivo.

Mas quem você pensa que é? Para nos ajudar a responder essa questão, busco o auxílio de James Allen, um escritor e filósofo britânico, autor do livro *O Homem é Aquilo que ele Pensa*, que no prefácio escreve:

A mente é a força-mestra que molda e faz.
E o homem é mente, e sem cessar maneja
A ferramenta do pensamento
Com ela força o que deseja
E cria em profusão alegrias e males
Pensa em segredo, e tudo acontece
Seu ambiente não passa de seu próprio espelho.

No livro de Provérbios (Prov. 23:7), o sábio Salomão também afirma que "assim como o homem pensa, ele é".

Cada um tem o livre direito de pensar em tudo aquilo que quiser. Porém, esse princípio de que você é o que pensa, não deixa de ser verdadeiro. Pense com isenção, livre de paixão, para que você seja justo. Pense positivo, pense grande.

Essa individualidade nos leva a nos lembrarmos do nosso Monteiro Lobato, quando sugeri: "Seja você mesmo, porque ou somos nós mesmos, ou não seremos coisa nenhuma".

Para os estudiosos, uma criatura normal tem de cinquenta a setenta mil pensamentos por dia. É algo inacreditável esse resultado diário de nossa atividade mental. Para O'Brien, "o maior território inexplorado no mundo é o espaço entre as nossas orelhas".

Encerrando, vamos buscar o pensamento do autor do livro já referido, que nos recomenda: "Pense bem sobre todos, seja amável com todos, aprendendo pacientemente a encontrar o bem em todos, a ter pensamentos altruístas, que são os próprios portais do paraíso".

Assim, querido leitor, você é aquilo que você pensa que é. Vamos, em nome das gerações que nos antecederam, somente pensar positivamente da vida, para nosso engrandecimento e de todos os que nos rodeiam.

Fico tão assustada quando percebo que durante horas perdi minha formação humana. Não sei se terei uma outra para substituir a perdida.
Clarice Lispector

Sim, eu posso!

Sim, eu posso! Estas são palavras positivas que sempre gostamos de ouvir. São proferidas por pessoas motivadas, dispostas a superar qualquer desafio e cumprir fielmente a tarefa que lhes é solicitada. "Sim, eu posso!" – essa frase vem de pessoas que possuem aquela força interior que as impulsiona a cumprir os seus objetivos.

O americano Henry Ford, reconhecido mundialmente por seu trabalho no setor automobilístico, afirmava: "Se você acha que consegue, você vai conseguir. Se você acha que não consegue, então é porque não vai conseguir." Bom seria se ninguém fizesse, em qualquer momento, o uso da expressão "eu não consigo".

Há algum tempo foi exibido nos cinemas o filme *Minha Bela Dama*. Nesse filme, alguém apostou com seu amigo que escolheria uma florista, sem nenhuma cultura, e a transformaria em uma verdadeira dama. Partiu para o desafio, mas antes procurou enaltecer suas qualidades pessoais e esclarecer que se ela abraçasse esse objetivo, poderia ajudá-lo a ganhar a aposta. Quando o filme chega ao seu final, vemos aquela florista transformada numa verdadeira dama: bela, delicada e nobre, contrariando todos aqueles que pensavam ao contrário.

Assim ficou demonstrado que uma pessoa devidamente estimulada pode conquistar excelentes mudanças na sua vida. Aquele que venceu a aposta certamente deve ter bem motivado a florista, dizendo: "Você pode, você é capaz, você consegue!"

Circula nas livrarias o livro escrito pelo americano Daniel Pink, intitulado *Motivação 3.0*, publicado em 13 línguas, cujo conteúdo procura mudar tudo aquilo que as pessoas pensam a respeito do que realmente nos move.

Todos nós acreditamos que a melhor maneira de motivar alguém é oferecendo algum tipo de recompensa, dando prêmios, dinheiro ou promoções.

Pink discorda desse entendimento, pois segundo ele o segredo da alta performance e da satisfação está ligado à necessidade essencialmente humana de aprender e criar coisas novas para nós e para os outros.

Com toda razão alguém disse que "a motivação move seu dia, move sua vida, sua vida move seu tempo e com o tempo sempre vem a conquista".

Sempre, nos meus escritos, procuro levar aos meus leitores palavras de estímulo e motivação, para superarem os obstáculos que surgem nos seus caminhos, pois eles são parte inevitável da vida.

Vejo que ao nosso redor existem muitas pessoas que não têm nenhuma motivação. Apenas levam a vida e deixam que as coisas aconteçam. Elas precisam do nosso apoio e de receber palavras que as estimulem a conseguir tudo o que se propuserem a alcançar. Não nos custa nada proferirmos palavras que estimulem o nosso próximo, como: você pode, você vai conseguir, você é valente, você é mais forte do que parece, você é mais preparado do que imagina.

Levando palavras de estímulo a quem precisa, nós seremos recompensados quando, diante de algum desafio, de seus lábios ouvirmos as sonoras palavras: "Sim, eu posso!"

Vamos nos agarrar a essa força interior, deixá-la atuar e nos levar a alcançar todos os nossos objetivos. Algum desconhecido sugeriu: "Vibre, comemore, beba um copo de água em sua homenagem e siga em frente, pois a motivação é você!".

Sim, eu posso!

A força não provém da capacidade física. Provém de uma vontade indomável.
Mahatma Gandhi

A dignidade humana

Como é bom ouvir alguém referir-se a um conhecido seu como sendo uma pessoa digna! Em muitos discursos proferidos, o orador dirige-se a uma autoridade com a expressão "digníssimo". Essa é uma atribuição outorgada a quem seja merecedor, baseada em um *status* social ou que tenha uma conduta baseada na honestidade e na honradez.

Assim, verificamos que a dignidade é um atributo da pessoa humana, que merece nosso respeito e proteção, pouco importando sua origem, raça, sexo, idade, estado civil e, até mesmo, sua condição socioeconômica.

Depois da Segunda Guerra Mundial, a ONU – Organização das Nações Unidas elaborou a Declaração dos Direitos Humanos, objetivando promover o "direito a uma convivência pacífica e harmoniosa entre os sujeitos e entre nações, a fim de evitar a Terceira Guerra Mundial".

Todos esses direitos são naturais, inerentes à pessoa humana. São valores morais e espirituais que nos protegem contra tratamentos impróprios e discriminatórios.

Para mim, fere a dignidade do homem ver situações em que ocorre o trabalho forçado ou quando policiais procuram buscar depoimentos utilizando a tortura. Também sou contra a pena de morte, ainda hoje aplicada em muitos países, na vã tentativa de reduzir a criminalidade.

Como é bom verificarmos na Constituição Brasileira o estabelecimento de normas para que todas as atividades econômicas e financeiras, públicas e privadas, observem o princípio da dignidade, assegurando a todos uma existência digna! Lamentavelmente essas normas estão apenas inseridas na nossa lei maior, pois bem sabemos que, na prática, nem tudo isso acontece. Baseio-me nas ideias de Immanuel Kant, na sua obra *Fundamentação da Metafísica dos Costumes*, onde ele procura demonstrar as situações nas quais esse belo princípio não é observado.

Para Aristóteles, o ser humano nasce em "estado de natureza, no qual o homem é o lobo do homem". Vemos que os mais fortes, mais rápidos e mais espertos procuram tirar vantagens na convivência em coletividade. Aí surge o Estado, com seu poder moderador, respeitando certos direitos naturais inalienáveis.

Num período de intensa agitação política e social, surgiu a Revolução Francesa, pela monarquia absolutista que vinha governando a França durante séculos. Seu objetivo principal era assegurar os direitos de todos os cidadãos. Acabou transformando a estrutura política, não só do seu país, mas também da Europa.

Avante, filhos da Pátria
O dia da glória chegou
Às armas, cidadãos!
Formai vossos batalhões!
Marchemos, marchemos!
    (Hino Nacional da França)

A Revolução Francesa, ocorrida em 1789, inspirou as constituições de países democráticos do mundo inteiro. Foi aí que surgiu o lema: liberdade, igualdade e fraternidade.

Liberdade – é o poder que a criatura humana tem de exercer a sua vontade dentro dos limites que lhe faculta a lei.
Igualdade – quando todos estão nas mesmas condições, possuindo o mesmo valor. "Todos os homens nascem livres e são iguais perante a lei."
Fraternidade – este é o caminho do amor. "É olhar para o próximo com compaixão, acolher sem julgamento, doar sem interesse e sentir a dor do outro como se fosse a de si mesmo."

Resumindo, diria que digno é todo aquele que vive dentro dos seus direitos e cumpre com todos os seus deveres.

Todos nós somos um

O "Eu" é individual.
O "Nós" é coletivo.

Na vida é muito comum observarmos que muitos colocam o "eu" em primeiro lugar. "Eu, João e Maria fomos passear." Não seria melhor se a afirmação fosse: "Maria, João e eu fomos passear juntos"? Temos muito a aprender para um melhor uso desse pronome pessoal.

Com imensa tristeza vemos movimentos políticos procurando mudar o país, para tirarem proveitos eleitoreiros, em duas classes: "Nós e Eles", quando, na realidade "todos nós somos um". Melhor seria apregoarem a união do nosso povo, para que esta abençoada nação progrida e aqui reine a paz.

Unidos, viveremos melhor. Esse deve ser o nosso grande objetivo. Tanto é que o saudoso cantor e compositor Tim Maia, em uma de suas canções, diz que é preciso "ver na vida algum motivo para sonhar" e "achar razão para viver". Tim, que todos nós sejamos um!

Foi no distante ano de 1901 que o norte-americano King Gillette criou lâminas descartáveis, finas e fortes. Essa sua descoberta revolucionou o mercado, com a substituição das antigas navalhas de barbear. Ao longo dos anos, vários outros produtos surgiram, mas todos são conhecidos pelo sobrenome desse inventor.

Foi criado um *slogan* para divulgar os seus produtos: "O melhor homem que você pode ter!"

Pelas críticas recebidas, realçando a masculinidade, a empresa decidiu substituir o *slogan* por "O melhor homem que você pode ser!"

O EU sem Deus nada é. DEle precisamos receber bênçãos e força para desfrutarmos de uma vida feliz.

Eu preciso.
Tu precisas.
Ele precisa.
Nós precisamos.
Vós precisais.
Eles precisam.

De quê? A resposta é fácil: todos nós somos um e de Deus precisamos.

Por quê?
Ele é a luz que nos guia.
Ele é o médico que cura.
Ele é o advogado que nos defende.
Ele é o escudo que nos protege.
Ele é o Pai que nos ama.

Diante de tantos benefícios, todos aqueles que creem, não têm nenhuma dúvida em afirmar que "Deus é tudo para mim".

Todos nós somos um.

Ouvi um relato que bem exemplifica este lema. Ocorreu na cidade de Guntur, na África, quando uma escola, na aula de educação física, promoveu uma prova esportiva entre as crianças. Colocaram um cesto com guloseimas no final do desafio e disseram que aquela que chegasse primeiro ficaria com os doces. Foi dada a largada e, para surpresa de todos que assistiam, as crianças deram as mãos e, unidas, correram para que todas chegassem juntas, numa bela lição de solidariedade.

Interrogadas por que assim procederam, elas responderam: todos nós somos um.

Essa decisão infantil acabou beneficiando a todos.

Este exemplo nos mostra, na prática, a melhor lição que nós podemos tirar: nenhum de nós, sozinho, é tão bom quanto todos nós juntos.

Posso não concordar com o que você diz, mas defenderei até a morte o seu direito de dizê-lo.

VOLTAIRE
(1694-1778),
escritor e filósofo francês.

VERDADE

A porta da verdade estava aberta,
mas só deixava passar
meia pessoa de cada vez.

Assim não era possível atingir toda a verdade,
porque a meia pessoa que entrava
só trazia o perfil de meia verdade.

E sua segunda metade
voltava igualmente com meio perfil.
E os dois meios perfis não coincidiam.

Arrebentaram a porta. Derrubaram a porta.
Chegaram a um lugar luminoso
onde a verdade esplendia seus fogos.
Era dividida em duas metades,
diferentes uma da outra.

Chegou-se a discutir qual a metade mais bela.
As duas eram totalmente belas.
Mas carecia optar. Cada um optou conforme
seu capricho, sua ilusão, sua miopia.

Carlos Drummond de Andrade

Os que fazem a diferença

Levantei cedo, disposto a escrever este importante texto. Detive-me por alguns instantes refletindo e na busca de uma resposta de como as pessoas podem fazer a diferença. Ouso afirmar que para isso ninguém precisa ser perfeito; basta ser reconhecido como alguém que agrega valor em todos os sentidos, fazendo a diferença. Percebemos que são poucos que se esforçam para exercer essa atitude positiva e benéfica para aqueles que com eles convivem.

Houve um artista que procurou retratar essa situação, ao pintar uma tela, na qual realçou três momentos:

- No primeiro, vemos alguém em posição de alerta máximo.
- No segundo, vemos alguém apoiado na cabeça do primeiro.
- No terceiro, vemos apenas a cabeça de alguém por trás dos outros dois.

Olhando essa tela, podemos tirar três conclusões, percebendo até com alguma facilidade que existem três tipos de pessoas:

- As que fazem as coisas acontecerem.
- As que assistem acontecer.
- As que querem saber o que aconteceu.

Em outras palavras, podemos classificá-las como:

- As que fazem.
- As que não fazem e não se importam que alguém faça.

- As que não suportam que os outros façam.

Até podemos analisar esses tipos de pessoas de acordo com o seu comportamento no dia a dia da vida:

- As pessoas superiores falam de ideias.
- As pessoas medianas falam de coisas.
- As pessoas inferiores falam de outras pessoas.

O saudoso médico e professor Ivan Faria Correa recomendava prudência em relação aos nossos amigos, alertando:

Existem aquelas pessoas que gostam da gente e nem sabemos o porquê, e não nos preocupamos em descobrir. Essas gostam de qualquer jeito e até quando não merecemos. São joias que temos que preservar a todo custo, porque sem elas sobra nada.
Um segundo grupo é formado por uns tipos que não gostam de jeito nenhum, e não nos preocupam porque já aprendemos que não há nada que se possa fazer para conquistá-los.
E um terceiro grupo é formado pelos que ainda não se decidiram, e sendo assim temos que ficar de olho neles, até que se decidam.

Precisamos de um pouco mais de esforço e de atitude positiva para vermos a diferença dos outros, ainda mais quando percebemos que nós somos somente e tudo aquilo que na vida fazemos, nem mais, nem menos.

No livro *Descubra Seus Pontos Fracos*, um *best-seller*, o consultor britânico Marcus Buckingham demonstra, com sua larga experiência, que no meio empresarial "as melhores empresas se concentram em seus pontos fortes e tornam os fracos irrelevantes. Isso funciona bem para as pessoas também."

Vale a pena explorar os pontos fortes. Cada um tem alguns pontos que se destacam. Ouça o que os outros dizem, dê atenção, procure fazer o bem ao próximo. São situações simples na vida que podem ser importantes para aqueles que nos rodeiam. Ninguém precisa fazer malabarismo nem ser perfeito! Basta, de maneira simples, fazer a diferença.

Conta-se que um velho professor entrou na sala e imediatamente percebeu que iria ter trabalho para conseguir silêncio. Com grande dose de paciência tentou começar a aula pedindo um pouco mais de silêncio, mas ninguém daquela turma se preocupou em atendê-lo. Com certo constrangimento, o professor tornou a pedir silêncio educadamente. Não adiantou muito, pois os alunos ignoraram a solicitação e continuaram firmes com a animada conversa dentro da sala de aula. Foi aí que o velho professor perdeu a paciência e decidiu tomar uma atitude mais drástica. Vejam o que ele disse:

— Agora prestem atenção, porque eu vou falar isto uma única vez — disse, levantando a voz, e um silêncio carregado de culpa se instalou em toda a sala, e o professor continuou:

— Desde que comecei a lecionar, isso já faz muito anos, descobri que nós, professores, trabalhamos apenas 5% dos alunos de uma turma. Em todos esses anos observei que de cada cem alunos, apenas cinco são realmente aqueles que fazem alguma diferença no futuro; apenas cinco se tornam profissionais brilhantes e contribuem de forma significativa para melhorar a qualidade de vida das pessoas. Os outros 95% servem apenas para fazer volume; são medíocres e passam pela vida sem deixar nada de útil.

O interessante é que esta porcentagem vale para todo mundo. Se vocês prestarem atenção, notarão que de cem professores, apenas cinco são aqueles que fazem a diferença; de cem garçons, apenas cinco são excelentes; de cem motoristas de táxi, apenas cinco são verdadeiros profissionais; e podemos generalizar ainda mais: de cem pessoas, apenas cinco são verdadeiramente especiais.

É uma pena muito grande não termos como separar estes 5% do resto, pois se isso fosse possível, eu deixaria apenas os alunos especiais nesta sala e colocaria os demais para fora; então teria o silêncio necessário para dar uma boa aula e dormiria tranquilo, sabendo ter investido nos melhores.

Mas, infelizmente, não há como saber quais de vocês são estes alunos. Só o tempo será capaz de mostrar isso. Portanto, terei de me conformar e tentar dar uma aula para os alunos especiais, apesar da confusão que estará sendo feita pelo resto. Claro que cada um de vocês, sempre pode escolher a qual grupo pertencerá.
Obrigado pela atenção e vamos à aula de hoje.

Todos nós gostaríamos de pertencer a esse privilegiado grupo dos 5% e procurar sempre nele permanecer. Como bem disse o velho professor, não há como saber se estamos indo bem ou não. Só o tempo dirá a que grupo pertencemos.

Contudo, uma coisa é certa: se não tentarmos ser especiais em tudo o que fazemos, se não tentarmos fazer em tudo o melhor possível, seguramente sobraremos na turma do resto.

Um simples gesto de amor talvez não faça tanta diferença no seu mundo, mas pode fazer uma grande diferença na vida daquele a quem você abençoar.
Hermes Fernandes

Só depende de você

Na vida existem muitas coisas boas, que para serem alcançadas dependem da atitude de cada pessoa. Nós temos que decidir aquilo que queremos. É direito assegurado de cada um escolher o que quer ser. Ao perguntarmos para nosso filho o que quer ser quando crescer, se ele responder "médico", resta-nos apenas estimulá-lo para que ele estude e se forme em Medicina e seja um bom médico no seu futuro, para aliviar e curar as dores humanas.

Para vencer na vida, precisamos de disposição para lutar, pois nada cai do céu, a não ser a chuva. O famoso pintor Pablo Picasso já dizia que para a inspiração no seu trabalho chegar, não dependia dele, e completava: "a única coisa que posso fazer é garantir que ela me encontre trabalhando".

Para o ator e comediante britânico Charles Chaplin, "o tempo é o melhor autor; sempre encontra um final perfeito". Suas manifestações demonstram seu empenho em favor da paz e da solidariedade. Escreveu um texto intitulado *Tudo Depende de Mim*, que nos leva a refletir sobre vários momentos de nossa vida.

> *Hoje, levantei cedo, pensando no que tenho a fazer antes que o relógio marque meia-noite. É minha função escolher que tipo de dia vou ter hoje.*
> *Posso reclamar por que está chovendo... ou agradecer as águas por lavarem a poluição.*
> *Posso ficar triste por não ter dinheiro... ou me sentir encorajado para administrar minhas finanças, evitando o desperdício.*

Posso reclamar sobre minha saúde... ou dar graças por estar vivo.
Posso me queixar dos meus pais por não terem me dado tudo o que eu queria... ou posso ser grato por ter nascido.
Posso reclamar por ter de ir trabalhar... ou agradecer por ter trabalho.
Posso sentir tédio com as tarefas da casa... ou agradecer a Deus por ter um teto para morar.
Posso lamentar as decepções com amigos... ou me entusiasmar com a possibilidade de fazer novas amizades.
Se as coisas não saíram como planejei, posso ficar feliz por ter hoje para recomeçar. O dia está, na minha frente, esperando para ser o que eu quiser. E aqui estou eu, o escultor que pode dar forma.
Tudo depende só de mim.

Na vida existem certas coisas que dependem exclusivamente de cada um de nós. Ninguém pode nos dar! É o caso da felicidade. Muitas vezes somos convidados a proceder como aquele cidadão que, ao descobrir que a felicidade, que ele tanto queria, dependia exclusivamente dele, para alcançá-la se livrou de muitas coisas desnecessárias. A felicidade é interna, habita dentro de nós. Logo, para alcançá-la, vai depender das nossas decisões.

Cora Coralina entendia e aceitava que "mesmo quando tudo possa desabar, cabe a mim decidir entre sorrir ou chorar, ir ou ficar, desistir ou lutar". Isso bem demonstra que cabe a nós decidirmos o que de fato queremos alcançar na vida. Pelos nossos caminhos podemos encontrar rosas, mas também espinhos. "Só depende de você se andará calçado ou não." *(Autor desconhecido)*

Sendo assim, só depende de você!

É importante perceber que o despertar depende de você.
Roberto Shinyashiki

O que é a vida?

A resposta até pode ser bem simples: vida é o período decorrido entre o nascimento e a morte. Tanta coisa acontece nessa jornada! Sêneca já nos aconselhava, dizendo "apressa-te a viver bem e pensa que cada dia é, por si só, uma vida". Apesar dos desafios que todos nós enfrentamos, afirmo que a vida é bela, é bom viver. É maravilhoso poder sonhar, produzir, realizar objetivos. É com imensa tristeza que vejo um número grande de pessoas que apenas existe.

O compositor brasileiro Vinícius de Moraes é sempre lembrado por suas belas canções, e foi feliz ao retratar a vida afirmando que:

Quem já passou por esta vida e não viveu,
Pode ser mais mas sabe menos do que eu.
Porque a vida só se dá pra quem se deu,
Pra quem amou, pra quem chorou, pra quem sofreu.

De fato, a vida é muito curta e a ela precisamos dar sentido, pois não pode ser insignificante. Embora nesta vida terrena se viva apenas uma vez, ela deve ser suficiente, com nossas atitudes, com vistas a contribuir para a construção de um mundo melhor. Até admito que coisas boas podem acontecer para aqueles que apenas esperam recebê-las, porém coisas maiores e melhores obtêm aqueles que correm atrás delas. Temos sempre que ir à luta com determinação. O mundo a estes pertence.

Em minhas andanças pelo mundo estive na Índia. Esse extenso país, situado no sul da Ásia, hoje é considerado o segundo país mais populoso do mundo, com mais de 1,3 bilhão de habitantes. É exatamente desse país que vem um dos mais belos poemas sobre a vida. Ele foi encontrado num orfanato, na cidade indiana de Calcutá.

A vida é uma oportunidade, use-a
A vida é beleza, admire-a
A vida é prazer, goze-o
A vida é sonho, concretize-o
A vida é desafio, aceite-o
A vida é dever, cumpra-o
A vida é viagem, finalize-a
A vida é um jogo, jogue-o
A vida é cara, valorize-a
A vida é riqueza, proteja-a
A vida é amor, prove-o
A vida é um mistério, desvende-o
A vida é promessa, cobre-a
A vida é sofrimento, domine-o
A vida é uma canção, cante-a
A vida é luta, enfrente-a
A vida é uma tragédia, contenha-a
A vida é uma aventura, ouse
A vida é viver, viva
A vida é felicidade, crie-a
Por favor, não a desperdice, ela é valiosa.

Qual é o sentido da sua vida?
Dou inteira razão a todos aqueles que procuram viver em busca da felicidade. O músico Gonzaguinha gostava de cantar "viver e não ter vergonha de ser feliz! Cantar e cantar e cantar, a beleza de ser um eterno aprendiz."

No decorrer da vida, sempre temos muito a aprender. Todos somos alunos dispostos a ver e buscar as belezas da vida. Deparamo-nos muitas vezes com enormes desafios, e temos que encontrar forças para superá-los. O neurologista e psiquiatra Sigmund Freud dizia que somos feitos de carne, mas temos que viver como se fôssemos de ferro. Se um dia caímos, precisamos levantar. "Que a força esteja com você!" Essa frase ficou marcada com o filme *Guerra nas Estrelas*.

Viver e não ter a vergonha de ser feliz.

A vida é, portanto, o período que decorre entre o nascimento e a morte, mas muita coisa podemos empreender nesse curto período: enfrentar desafios, encontrar a felicidade e, quem sabe, aprender e tirar valiosas lições de nossos erros.

Vida é amor.

Perca a noção do tempo, mas nunca o sentido da vida! Perca as pessoas que te amam, mas nunca o amor por elas! Perca vários colegas, mas nunca os verdadeiros amigos! Perca a coragem, mas nunca perca a fé! E mesmo que você perca tudo, nunca perca a esperança de ter tudo outra vez!"

Autor desconhecido

CANÇÃO DO DIA DE SEMPRE

Tão bom viver dia a dia!
A vida, assim, jamais cansa...

Viver tão só de momentos
Como essas nuvens no céu...

E só ganhar, toda a vida,
Inexperiência... esperança...

E a rosa louca dos ventos
Presa à copa do chapéu.

Nunca dês um nome a um rio:
Sempre é outro rio a passar.

Nada jamais continua,
Tudo vai recomeçar!

E sem nenhuma lembrança
Das outras vezes perdidas,
Atiro a rosa do sonho
Nas tuas mãos distraídas...

Mario Quintana

A vida é tua

Ninguém tem a menor dúvida sobre de quem é a vida. Se a vida é tua, como diz Antonio Abujanra, "estrague-a como quiser". Ele exagera uma pouco nessa afirmação, mas até fico a pensar no poder que existe de cada um dar o destino que quiser à sua vida, tanto na direção do bem quanto na direção do mal. Para muitos, a mediocridade é o que mais estraga a vida do homem. São aqueles acomodados e que até afirmam: faço o que posso.

"Quem Sou Eu" trata-se de um pequeno poema de Dennys Távora, no qual ele resumidamente descreve a vida:

Sou uma pessoa feliz,
Amo muito a vida
E dela sou aprendiz;
Tenho várias paixões,
Mas, como qualquer um,
Possuo imperfeições;
Se os caminhos desta vida
Ainda não sei de cor,
Pelo menos busco,
A cada dia,
Tornar-me alguém melhor.

Vejo que às vezes todos nós devemos dar uma parada e pensar sobre esse milagre maravilhoso que nos foi concedido, chamado vida. Precisamos acreditar que temos condições de realizar muitas coisas.

Basta querermos! Não basta que os nossos dois olhos vejam, pois o mais importante de tudo é o que, nos seus batimentos, o nosso coração sente. Então, a tua vida e a minha é de dentro para fora. Sendo assim, mudando por dentro nossas atitudes e nossos pensamentos, também veremos como a vida muda por fora.

A poetisa brasileira Cora Coralina nos faz um convite, dentro dos versos de "Aninha e Suas Pedras", dizendo:

Recria tua vida, sempre, sempre.
Remove pedras e planta roseiras e faz doces. Recomeça.
Faz de tua vida mesquinha um poema.

A vida é curta, mas ela é tua e minha, e dela podemos fazer o que quisermos. Se durante uma rápida passagem não pudermos realizar grandes e notáveis coisas, pelo menos vamos procurar fazer tudo aquilo que estiver ao nosso alcance.

Voltando ao que nos convida a poetisa, ela nos alerta que "a sabedoria se aprende é com a vida e com os humildes, embora a sabedoria se aprenda com os mestres e com os livros".

Sendo a vida tão curta, tanto você quanto eu devemos nos esforçar para engrandecê-la e dela tirar o maior proveito possível. O Rei Davi, lá na distante antiguidade, já dizia: "Como é curta a vida que me deste! Diante de Ti, a duração da minha vida não é nada. De fato, o ser humano é apenas um sopro." (Salmos 39:5)

Concordo plenamente que a vida é nossa: tua e minha, porém somos compelidos a refletir sobre o que dela devemos fazer. Ninguém, em sã consciência, tem o direito de estragá-la como quiser. A vida nos dá muitas opções, e devemos ter sabedoria para fazermos boas escolhas.

Pelos tortuosos caminhos da vida, poderemos tropeçar e algumas vezes até cair. Isso já deve ter acontecido com muitos dos meus leitores. Confesso que também sofri alguns tombos e inesperados obstáculos. Porém, a beleza reside naqueles que encontram forças para se levantar e prosseguir na busca de seus objetivos. Esses são, na verdade, os fortes, enquanto os fracos, quando caem, ficam deitados no chão. É bom compreendermos que na vida primeiro fazemos a prova e dela tiramos a lição.

A vida é tua como é minha, embora curta e sem a possibilidade de a encompridarmos. Portanto, vamos procurar fazer dela o melhor para o nosso bem e para o nosso próximo.

Viver é a coisa mais rara do mundo. A maioria das pessoas apenas existe.
Oscar Wilde

Desejo que a vida se torne um canteiro de oportunidades para você ser feliz...

E, quando você errar o caminho, recomece, pois assim você descobrirá que ser feliz não é ter uma vida perfeita, mas usar as lágrimas para irrigar a tolerância. Usar as perdas para refinar a paciência. Usar as falhas para lapidar o prazer. Usar os obstáculos para abrir as janelas da inteligência. Jamais desista de si mesmo. Jamais desista das pessoas que você ama. Jamais desista de ser feliz, pois a vida é um obstáculo imperdível, ainda que se apresentem dezenas de fatores a demonstrarem o contrário.

Augusto Cury

A vida é uma causa perdida?

Será que a vida é causa perdida?
Preciso me posicionar, para dizer com a mais ampla convicção que, para perdê-la, depende apenas de cada um de nós. A vida é bela, é desafiadora, repleta de maravilhas. O necessário é que cada um, dentro do tempo de que dispõe, saiba o que dela quer fazer. Perdê-la ou ganhá-la. Debruçado em meus pensamentos, não posso acreditar que ninguém, em sã consciência, possa afirmar que ela é uma causa perdida. A cada dia surgem inúmeras oportunidades para realizar os nossos sonhos. Ninguém foi colocado no mundo para ser um derrotado. Muito pelo contrário, nós estamos aqui para sermos vencedores.

Um repórter fez essa pergunta a Rubem Alves, saudoso médico mineiro, escritor e psicanalista. Tive a oportunidade, anos depois de efetuada a pergunta, de saber a resposta, através de seu livro *É Uma Pena não Viver*. O autor demonstrou sua contrariedade, ao responder que essa causa se perde apenas com a morte e, nesse período entre o nascer e o perecer, podemos desfrutar de momentos felizes.

Nessa entrevista, Rubem Alves relembra do filme *A Cidade dos Anjos*, no qual um dos anjos, encarregado de tomar conta de outros, apaixona-se por uma médica, que fica transtornada ao perder uma paciente na mesa de cirurgia. O anjo, muito curioso, queria entender melhor esse sentimento que existe no ser humano. Para concretizar esse amor pela médica, ele teria que renunciar a sua imortalidade. Foi o que fez.

Somos convidados a acompanhar Julien Green no seu pensamento de "admiro a terra, quero-a, sempre gostei dela. Sempre me sinto feliz por estar vivo, apesar da guerra, das más notícias, não sou capaz de mudar em mim a simples alegria de viver."

Temos que valorizar esse dom da vida que recebemos. Deixemos de lado as pessoas que apenas existem. Vamos conviver com pessoas positivas e que sabem superar os obstáculos que se antepõem em seus caminhos. Viver com alegria é um dos segredos que poucos sabem, que é um verdadeiro remédio preventivo, que acaba evitando muitos males e até mesmo tem o poder de prolongar os nossos dias na terra.

Procurei ouvir Bertolt Bretch sobre como ele define os momentos de alegria. E o faz de uma maneira bem simples, citando alguns exemplos práticos que sempre são vividos e estão ao alcance de todos:

a) Estar aquecido, numa noite fria, na cama, debaixo de um cobertor.
b) Fazer as necessidades fisiológicas quando sente necessidade, deixando para trás todas as responsabilidades que recaem sobre seus ombros.
c) Tomar um banho quente, ficando uns bons momentos embaixo do chuveiro.

Trata-se de exemplos de enorme simplicidade, presentes na vida de todos, e que nos proporcionam momentos de prazer e alegria, levando-nos a repelir a frase de que a vida é uma causa perdida. Nessa mesma linha lembro-me do poeta português Fernando Pessoa, dizendo que "às vezes ouço passar o vento, e só ouvir o vento passar, vale a pena ter nascido".

Lá no Estado de Goiás, Cora Coralina descobriu sua veia poética e, como poucos, em um verso simples, dá seu testemunho de que a sua vida não foi em momento algum uma causa perdida:

A vida tem duas faces:
Positiva e negativa
O passado foi duro

mas deixou o seu legado
Saber viver é a grande sabedoria
Que eu possa dignificar
Minha condição de mulher
Aceitar suas limitações
E me fazer pedra de segurança
dos valores que vão desmoronando.
Nasci em tempos rudes
Aceitei contradições
lutas e pedras
como lições de vida
e delas me sirvo
Aprendi a viver.

Ela foi uma mulher vencedora, e com muito esforço e dedicação transpôs todos os obstáculos.

A vida é um bem maravilhoso, para ser aproveitada. Não podemos perder essa causa. Ninguém tem esse direito. Viemos ao mundo para vencer.

A vida é um caminho de sombras e luzes. O importante é que se saiba vitalizar as sombras e aproveitar a luz.
  Henri Bergson

Bom mesmo é ir à luta com determinação,
abraçar a vida com paixão,
perder com classe
e vencer com ousadia,
porque o mundo pertence a quem se atreve
e a vida é muito para ser insignificante.

Augusto Branco

O que sabemos é uma gota,
o que ignoramos é um oceano.

ISAAC NEWTON
(1643-1727),
matemático, físico, astrônomo inglês.

EIS OS SEGREDOS DE UM SÁBIO desconhecido para que seus sonhos se realizem:

- Evite todas as fontes de energia negativa, sejam elas pessoas, lugares ou hábitos.
- Analise tudo de todos os ângulos possíveis.
- Desfrute a vida hoje: o ontem já se foi e o amanhã talvez nunca chegue.
- A família e os amigos são tesouros ocultos – usufrua essas riquezas.
- Persiga seus sonhos.
- Ignore aqueles que tentarem desanimá-lo.
- Simplesmente faça.
- Continue tentando, por mais difícil que pareça, porque logo ficará mais fácil.
- A prática leva ao aperfeiçoamento.
- Quem desiste nunca ganha; quem ganha nunca desiste.
- Leia, estude e aprenda tudo o que for importante na vida.
- Deseje, mais que tudo no mundo, o que você quer que aconteça.
- Busque a excelência em tudo o que faz.
- Corra atrás de seus objetivos – lute por eles!

Retirado do livro Nietzsche para Estressados

Um propósito de vida

Acredito que todos aqueles que têm um propósito na vida têm dentro de si aquela força capaz de impulsioná-lo a tornar realidade todos os seus desejos.

Poucos pensam no poder e na força de um propósito que se busca na vida. Todos aqueles que obtiveram sucesso e "alcançaram os píncaros da glória", sabiam o que queriam conquistar. Assim, sem nenhuma meta, nada se alcança. Tudo fica no mesmo lugar. É lamentável ver que a maioria leva sua vida assim, sem nenhum objetivo, e o que vier no seu dia a dia é lucro.

Sobre este tema, certa ocasião ouvi uma palestra que me levou a meditar por muito tempo, quando o palestrante afirmou que "se você não sabe para onde ir, qualquer caminho serve". Na vida é bem isso que acontece: se você não tem um propósito escolhido, qualquer coisa que vier pela frente está de bom tamanho.

Fico a pensar que todos devem estabelecer altos propósitos, e não se contentar com pequenas ambições. Sonhe alto, quanto mais puder, e vá em busca desse propósito, que você acabará alcançando-o. Aqueles que querem pouco, acabam ficando com pouco, enquanto os que querem muito, acabam sendo recompensados.

Inúmeros são os benefícios, em todos os sentidos, para aqueles que vivem na busca da realização de seus propósitos, independentemente de suas idades.

Duas respeitadas e renomadas organizações efetuaram uma pesquisa e concluíram:

Uma metanálise (que é uma publicação que compara outras pesquisas) analisou dez estudos envolvendo mais de 136 mil pessoas e descobriu que ter um propósito na vida pode diminuir o risco de mortalidade por problemas cardíacos em cerca de 17%.
Dentre as pesquisas científicas, a que foi feita pela universidade de Princeton, nos EUA, e College de Londres, concluiu que pessoas com propósito chegam a apresentar 30% menos chances de morrer do que aqueles que se sentem dispensáveis.
Nove mil homens e mulheres com idade média de 60 anos foram analisados por psicólogos em relação ao seu bem-estar pessoal durante oito anos e meio. A avaliação procurava identificar o quanto essas pessoas se sentiam prestativas e se tinham um propósito claro que lhes dava vontade de viver. Os envolvidos foram divididos em quatro grupos, de acordo com o nível de bem-estar pessoal. Somente 9% do grupo identificado com maior bem-estar morreu durante os anos de estudo, enquanto que dos outros grupos quase 30% faleceram.

Nesta altura, até podemos questionar: por que ter um propósito de vida?

A resposta é muito simples e de fácil entendimento: porque um propósito de vida acaba dando um significado à nossa existência. Caso não o tenha ainda, o que ocorre com poucos, passe a questionar o que falta na sua vida e em que lugar pode chegar. Procure desafiar a si mesmo. Faça escolhas. Caso não encontre as respostas de imediato, terá a base de que precisa para defini-las mais à frente.

Pense e, de repente, vão surgir algumas opções, e dentre elas acabará escolhendo aquela que vai favorecer sua evolução pessoal.

Vejo que muitos estabelecem uma meta a ser alcançada e não se empenham em vê-la realizada. Tudo pelo fato de que lhes falta persistência. Propósito e persistência são duas situações que se complementam. Uma depende da outra.

Por que eu?

Fiquei impressionado ao ler um resumo da vida de Arthur Ashe, um tenista norte-americano que morreu com apenas 47 anos, de AIDS, doença contraída durante uma transfusão de sangue.

Pratiquei tênis durante 50 anos, apenas como amador. Ashe era um profissional, que obteve 314 vitórias e sofreu 173 derrotas. Venceu 30 títulos profissionais, dentre eles três dos quatro principais torneios do mundo.

Quando divulgaram que ele estava acometido de uma grave enfermidade, ele passou a receber incontáveis cartas de seus fãs, sendo que em uma delas se deparou com uma colocação que passou a receber sua especial atenção: "Por que Deus teve que escolher você para pôr uma doença tão horrível?"

Ashe decidiu responder, e em sua resposta demonstra sua inteira resignação aos desígnios de Deus:

> *Muitos anos atrás, cerca de 50 milhões de crianças começaram a jogar tênis, e uma delas era eu. Cinco milhões realmente aprenderam a jogar tênis, 500 000 mil se tornaram tenistas profissionais, 50 mil chegaram ao circuito, 5 mil alcançaram Grandslam, 50 delas chegaram a Wimbledon, 4 delas chegaram à semifinal, 2 delas chegaram à final e uma delas era eu. Quando eu estava comemorando a vitória com a taça na mão, nunca me ocorreu perguntar a Deus "Por que eu?" Então, agora que estou com dor, como posso perguntar a Deus, "Por que eu?"*

Durante os seus últimos anos de vida, Ashe dedicou um bom tempo escrevendo memórias de sua vida. Deixou-nos também belos pensamentos. Selecionei apenas um: "uma chave importante para o sucesso é a autoconfiança; uma chave importante para a autoconfiança é a preparação".

Ashe foi um vitorioso na sua curta passagem pela vida, pois teve o cuidado de se preparar para obter vitórias.

O estádio principal onde os torneios do aberto dos Estados Unidos são disputados leva o seu nome – Arthur Ashe – numa justa e merecida homenagem.

Refletindo sobre a vida desse atleta, usando as palavras de um desconhecido, podemos concluir que:

A felicidade o mantém doce
Os julgamentos mantêm você forte
As dores o mantêm humano
As quedas mantêm você humilde
O sucesso mantém você brilhante
Mas só a fé o mantém em pé.

A preparação é a chave para o sucesso e a vitória. Quanto mais você suar em tempos de paz, menos sangrará na guerra.
George Patton

É preciso saber viver

Era um final de tarde ensolarado, trafegando pelas ruas da cidade, sentado no banco do carona, com o rádio ligado, quando de repente o motorista do táxi chamou-me a atenção para ouvir a música que estava entrando no ar: "É preciso saber viver". Reproduzo a seguir suas duas primeiras estrofes e deixo de fora o refrão, que é muito repetitivo. Foi composto por Erasmo e Roberto Carlos e nos traz uma bela mensagem:

Quem espera que a vida
Seja feita de ilusão
Pode até ficar maluco
Ou morrer na solidão
É preciso ter cuidado
Pra mais tarde não sofrer
É preciso saber viver
Toda pedra do caminho
Você pode retirar
Numa flor que tem espinhos
Você pode se arranhar
Se o bem e o mal existem
Você pode escolher
É preciso saber viver.

Muitos acham que tudo está ótimo e que sabem viver, desfrutando o que de melhor a vida pode oferecer. Saber viver é valorizar o presente e as escolhas que fazemos nas constantes encruzilhadas que encontramos nos caminhos da vida.

Na vida, todos nós temos muito a aprender. Cada dia que passa nos traz lições que surgem para o nosso próprio bem.

Na distante Índia nasceu Tagore, um poeta e escritor que proclamava a necessidade de amar à vida, e ali nas margens do rio Ganges ele nos deixou esta bela oração, pedindo forças a Deus para não esmorecer diante das dificuldades da vida:

> *Que eu nunca peça para ficar livre dos perigos, mas coragem para enfrentá-los.*
> *Que nunca mendigue paz para minha dor, mas coragem e coração forte para dominá-la.*
> *Que eu não procure aliados na batalha da vida, mas minha própria força em Ti.*
> *Que eu não anseie medrosamente pela salvação e sim tenha esperança e paciência para conquistar minha liberdade.*
> *Senhor, conceda-me a graça de não ser tão covarde para sentir a tua misericórdia apenas em meu triunfo.*
> *Permita-me encontrar o aperto de tua mão dentro do meu fracasso.*

Talvez alguns conheçam aquela fábula infantil, que conta que o urso, o lobo e a raposa foram caçar, e cada um matou um coelho.

> *Colocaram as caças no chão e o urso perguntou: "Como vamos dividir?"*
> *"Vamos fazer a distribuição mais lógica", respondeu o lobo.*
> *"Um coelho para mim, um para você e um para a raposa."*
> *O urso, não satisfeito com a resposta, atacou o lobo e o comeu.*
> *Em seguida, virou-se para a raposa e perguntou: "Raposa, como vamos dividir?"*
> *"Eu não gosto de coelho, você pode ficar com os três", respondeu a raposa.*

"Onde aprendeu tamanha sabedoria, raposa?" – questionou o urso, surpreso.
"Eu aprendi com o lobo", respondeu a raposa, adentrando o mato.

Diante desse imaginário acontecimento ocorrido no reino animal, podemos concluir, como moral da história, que no mundo também convivemos com três tipos de pessoas:
O idiota – aquele que não aprende com os erros.
O inteligente – aquele que aprende com os próprios erros.
O sábio – aquele que aprende com os erros dos outros.
É preciso saber viver!
Quanto a isso, tenho certeza que todos os meus queridos leitores estão de pleno acordo. Só que nem todos sabem tirar o melhor proveito da vida. Só existem, por isso que válido é relembrar as sábias palavras que "o que vale não é quanto se vive, mas como se vive".

Até ouso afirmar que é preciso saber viver para, pelo menos por amigos e familiares, sermos relembrados após nossa partida, nos mantermos vivos na memória das gerações que nos sucederem. Fico às vezes a pensar, até mesmo com pouco esforço de memória, em pessoas que conosco conviveram e que se destacaram por sua simplicidade, humildade, bondade e disposição de sempre praticarem o bem em favor do próximo necessitado.

Essa canção, ouvida no rádio, num final de tarde, ecoa nos meus ouvidos, dando-me a certeza de que precisamos ter cuidado, retirando as pedras do caminho, para sempre escolhermos o bem, para cada um de nós e para os nossos semelhantes.

Tua vida é o resultado de tuas escolhas. Mesmo que te assolem as intempéries do mundo, ou a injustiça do teu próximo, você sempre pode mudar a sua realidade. Toma para ti o esquadro e o compasso e, sobretudo, assume a responsabilidade de arquitetar a tua felicidade.
Augusto Branco

Podemos acreditar que tudo que a vida nos oferecerá
no futuro é repetir o que fizemos ontem e hoje.
Mas, se prestarmos atenção, vamos nos dar conta de que
nenhum dia é igual a outro. Cada manhã traz uma bênção
escondida; uma bênção que só serve para esse dia e que
não se pode guardar nem desaproveitar. Se não usamos
este milagre hoje, ele vai se perder. Este milagre está nos
detalhes do cotidiano; é preciso viver cada minuto porque
ali encontramos a saída de nossas confusões, a alegria de
nossos bons momentos, a pista correta para a decisão que
tomaremos. Nunca podemos deixar que cada dia pareça
igual ao anterior, porque todos os dias são diferentes, porque
estamos em constante processo de mudança.

Paulo Coelho

Entusiasmo pela vida

Vejo o entusiasmo como sendo uma energia positiva que está dentro de nós e que, quando liberada, vai ajudar-nos a alcançar aquilo que desejamos.

Paulo Coelho dizia que, se não nascermos de novo, se não tornarmos a olhar a vida com a inocência e o entusiasmo da infância, não existe sentido de viver.

Sempre apreciei subir num barco e navegar. Quando jovem, me aventurei a esquiar, mas hoje subo apenas para passear ou pescar. Digo isso, pois vejo no barco um bom exemplo para tecer algumas considerações. Ele tem na popa um motor e, na proa, a âncora.

- Motor – é uma máquina que converte qualquer forma de energia em trabalho mecânico, para impulsionar seu funcionamento. É tudo que em mecânica imprime movimento ou dá impulso.
- Âncora – é uma palavra da área náutica que indica uma peça de ferro presa em uma corda ou corrente e que serve para imobilizar um objeto flutuante.

Talvez o amigo leitor possa até perguntar o que tudo isso tem a ver com o entusiasmo. Classifico o motor como sendo o entusiasmo, enquanto a âncora representa o desânimo.

- Entusiasmo – ardor que impulsiona alguém a fazer algo. Para Napoleão Bonaparte "é a maior força da alma. Conserve-o e nunca te faltará poder para conseguires o que desejas."

- Desânimo – é um estado de quem se mostra desestimulado e sem motivação. Ausência de entusiasmo, de vontade, de coragem. "Não consigo trabalhar, porque tenho estado num desânimo constante."

O motor nos impulsiona na direção de realizar os nossos objetivos, enquanto a âncora apenas nos imobiliza e nos afunda. Às vezes podemos fracassar, mas como é belo quando, com todo o entusiasmo, conseguimos superar as dificuldades.

Todos nós apreciamos a companhia de pessoas bem-sucedidas na vida, porém podemos ter a certeza de que o entusiasmo não lhes faltou, em todos os momentos da vida.

O entusiasmo é um sentimento contagioso. Convivendo com uma pessoa que irradia entusiasmo, estamos sujeitos a receber os benefícios desse contágio. Quando encontramos pessoas desanimadas, devemos mostrar o poder do entusiasmo, fazê-la ver que todo aquele que o possui acaba vendo melhor a vida.

Não desanime de você! Ainda que a colheita de hoje não seja muito feliz, nos ensina o Padre Fabio Mello, não coloque um ponto final nas suas esperanças. Ainda há muito o que fazer, ainda há muito o que plantar e o que amar nesta vida. Ao invés de ficar parado no que você fez de errado, olhe para a frente e veja o que ainda pode ser feito. A vida ainda não terminou. E já dizia o poeta Márcio Borges que "os sonhos não envelhecem". Vá em frente. Sorriso no rosto e firmeza nas decisões!

Se o entusiasmo está dentro de nós, todos somos possuidores dele. Precisamos apenas saber liberar essa valiosa força motriz, que nos impele a agir e alcançar nossos objetivos.

Resta-nos apenas nos afastarmos das âncoras do pessimismo, que nos levam para o fundo das águas da vida.

Resta-nos apenas nos juntarmos aos motores, que produzem energia suficiente para nos ajudarem a chegar nos lugares em que queremos.

Trem da vida

Considero muito interessante o texto que vamos reproduzir, intitulado "Trem da Vida", que faz uma comparação com a vida humana, em que todos nós quando nascemos embarcamos em um trem, que vai parando nas estações, até que chegamos ao ponto final, quando tudo termina. Termina a viagem da vida!

Trata-se da letra de uma música de Craveiro e Cravinho, uma dupla de cantores de música sertaneja:

Ao nascer neste mundo estamos
Embarcando no trem desta vida
Com destino à estação da morte
E só temos passagem de ida
O trajeto é desconhecido
O futuro ninguém pode ver
Nós sabemos que o trem vai chegar
Mas a hora que ele vai parar
Não compete a ninguém saber

Nesse trem agitado da vida
Encontramos alguns passageiros
Viajando de primeira classe
Com saúde, conforto e dinheiro
Mas a hora que o Chefe chegar
Anunciando o fim da viagem
Não se pode mais continuar

Pois a ordem é desembarcar
E na Terra deixar a bagagem

Tem também passageiro que sofre
Sem conforto no trem desta vida
Entre eles eu sofro também
Desde a hora da minha partida
Mesmo assim eu viajo sorrindo
Se a gente chorar é pior
Sei que um dia do trem vou descer
Mas espero que só pra fazer
Baldeação para um mundo melhor.

A viagem às vezes é cansativa, cheia de surpresas. Todos nós temos que ir à luta, se necessário for, com muita garra e determinação. O escritor Ariano Suassuna dizia que "a tarefa de viver é dura, mas fascinante". Quem não tem um propósito, nem sabe para onde está indo.

Alguém disse que "a vida é imprevisível e é isso que a torna bonita". Não podemos saber o que o futuro nos reserva, portanto tudo é possível.

Ao nascer, vamos embarcar no trem da vida, sabendo que ele um dia vai parar e sabendo também que a vida é muito para ser insignificante.

Fiz inúmeras viagens de trem. Algumas na "Maria Fumaça", que desliza devagar, e outras vezes no "trem bala", que alcança enorme velocidade. Já parei em 83 estações nesta vida, pois cada uma delas representa um ano de minha vida. Quero continuar viajando nesse trem mais antigo, que leva mais tempo para o maquinista chegar ao meu lado e dizer: chegou sua hora de desembarcar.

Não seja apenas passageiro do trem da vida, seja o condutor da locomotiva, viajando nos trilhos do destino. Encontrar a estação felicidade só depende de você.
Dilson Kirtscher

As ironias da vida

Em vários momentos da vida usamos frases contendo alta dose de ironia para nos expressarmos.

- Durante um jantar, foi servida uma sopa fria e sem nenhum tempero. Aí vem a ironia: "A sopa estava uma delícia" – fria e sem tempero.
- Conhecemos a tartaruga como um animal lento e que anda muito devagar. Aí vem a ironia: "Ele correu tão rápido quanto uma tartaruga".

Vemos que ela é uma figura de linguagem utilizada com um sentido diferente e oposto àquilo que realmente se quer dizer.

Vejo que uma pessoa irônica procura fazer uma contradição humorada em suas palavras.

Todos percebem que a vida humana, durante toda a nossa caminhada, é feita de contradições:

- Quando criança, temos pressa de crescer, para depois suspirarmos pela infância perdida.
- Muitos perdem a saúde no afã de ganhar dinheiro, e depois perdem o dinheiro na busca da saúde.
- Certamente todos nós almejamos um dia ir para o céu, porém todos querem viver na terra e, se possível, não querem morrer.
- Muitos vivem à sua maneira, como se nunca fossem morrer, e um dia acabam morrendo sem nunca terem vivido.

- Pensar no futuro é um direito de todos, porém sem esquecer o presente. Com isso, existem alguns que não vivem nem o presente nem o futuro.

A vida é bela e passa ligeiro, embora ocorram muitas contradições.

No conto "O Paraíso Azul", do escritor Machado de Assis, encontramos a seguinte frase: "Soares olhava para Camilo com a mesma ternura com que um gavião espreita uma pomba". Essa frase demonstra a razão pela qual ele é conhecido pelo uso frequente da ironia em suas obras.

Confesso que até aprecio ouvir colocações que contenham alguma ironia, enquanto outros preferem ser francos e dizer "na lata" aquilo que consideram negativo, mesmo sem se importar com as consequências.

Procurando encontrar as diferenças entre sinceridade e franqueza, me deparei com um texto da Thais, onde de maneira pessoal ela aborda o tema confessando:

Tenho um comportamento que muito me atrapalha: eu sou o estilo "curta e grossa". Não no sentido de grosseria, mas tenho o vício de me comunicar com clareza, franqueza, de forma muito objetiva. Acontece que as pessoas têm me achado arrogante e, para completar, me comunico muito no imperativo.
Preciso mudar esse meu jeito, mas não faço ideia de por onde começar, pois quando vou ver estou dizendo "sim ou não" sem dar maiores detalhes, ou, quando dou detalhes, me atenho em ser objetiva. Se a pessoa tentar mudar o assunto, eu ignoro totalmente o que ela falou e me preocupo em passar a informação que eu preciso passar.

Olhando a palavra *vida*, percebemos que sua primeira letra é um "v". Convido os meus queridos leitores a retirarem essa letra e veremos que o resto é "ida". Assim, vamos tocar as nossas vidas em frente, numa ida vitoriosa e que nos leve aos melhores lugares, mesmo sendo francos e objetivos ou, se necessário, sendo, com cuidado, irônicos.

Nunca encontrei uma pessoa
tão ignorante que não pudesse
aprender algo com a sua ignorância.

GALILEU GALILEI
(1564-1642),
*italiano considerado o pai da astronomia,
pai da física moderna.*

Não duvide do valor da vida, da paz, do amor, do prazer de viver, enfim, de tudo que faz a vida florescer.
Mas duvide de tudo que a compromete.
Duvide do controle que a miséria, ansiedade, egoísmo, intolerância e irritabilidade exercem sobre você.
Use a dúvida como ferramenta para fazer uma higiene no delicado palco da sua mente com o mesmo empenho com que você faz higiene bucal.

Augusto Cury

Os Estatutos do Homem

Li atentamente todos os artigos dos Estatutos do Homem e percebi que ele contém um conjunto de regras que deve nortear a vida dos homens em sociedade.

Seu autor é o poeta amazonense Thiago de Mello, recém-falecido, aos 95 anos, por causas naturais. Seus poemas foram traduzidos para mais de 30 países, foram vendidos mais de 100 mil exemplares, o que o tornou um dos mais influentes e respeitados poetas do país.

Os Estatutos do Homem
(Ato Institucional Permanente)

Artigo I
Fica decretado que agora vale a verdade. Agora vale a vida, e de mãos dadas, marcharemos todos pela vida verdadeira.

Artigo II
Fica decretado que todos os dias da semana, inclusive as terças-feiras mais cinzentas, têm direito a converter-se em manhãs de domingo.

Artigo III
Fica decretado que, a partir deste instante, haverá girassóis em todas as janelas, que os girassóis terão direito a abrir-se dentro da sombra; e que as janelas devem permanecer, o dia inteiro, abertas para o verde onde cresce a esperança.

Artigo IV
Fica decretado que o homem não precisará nunca mais duvidar do homem. Que o homem confiará no homem como a palmeira confia no vento, como o vento confia no ar, como o ar confia no campo azul do céu.
Parágrafo único:
O homem confiará no homem como um menino confia em outro menino.

Artigo V
Fica decretado que os homens estão livres do jugo da mentira. Nunca mais será preciso usar a couraça do silêncio nem a armadura de palavras. O homem se sentará à mesa com seu olhar limpo, porque a verdade passará a ser servida antes da sobremesa.

Artigo VI
Fica estabelecida, durante dez séculos, a prática sonhada pelo profeta Isaías, e o lobo e o cordeiro pastarão juntos e a comida de ambos terá o mesmo gosto de aurora.

Artigo VII
Por decreto irrevogável fica estabelecido o reinado permanente da justiça e da claridade, e a alegria será uma bandeira generosa para sempre desfraldada na alma do povo.

Artigo VIII
Fica decretado que a maior dor sempre foi e será sempre não poder dar-se amor a quem se ama e saber que é a água que dá à planta o milagre da flor.

Artigo IX
Fica permitido que o pão de cada dia tenha no homem o sinal de seu suor. Mas que sobretudo tenha sempre o quente sabor da ternura.

Artigo X
Fica permitido a qualquer pessoa, a qualquer hora da vida, o uso do traje branco.

Artigo XI
Fica decretado, por definição, que o homem é um animal que ama e que por isso é belo, muito mais belo que a estrela da manhã.

Artigo XII
Decreta-se que nada será obrigado nem proibido, tudo será permitido, inclusive brincar com os rinocerontes e caminhar pelas tardes com uma imensa begônia na lapela.
Parágrafo único:
Só uma coisa fica proibida: amar sem amor.

Artigo XIII
Fica decretado que o dinheiro não poderá nunca mais comprar o sol das manhãs vindouras. Expulso do grande baú do medo, o dinheiro se transformará em uma espada fraternal para defender o direito de cantar e a festa do dia que chegou.

Artigo final.
Fica proibido o uso da palavra liberdade, *a qual será suprimida dos dicionários e do pântano enganoso das bocas. A partir deste instante a liberdade será algo vivo e transparente como um fogo ou um rio, e a sua morada será sempre o coração do homem.*

Em todos os seus poemas, Thiago expressa emoção, sentimento e pensamento, sendo sempre comprometido com as causas sociais e ambientais.

Detive-me mais no artigo que diz: "Fica decretado que o homem não precisará nunca mais duvidar do homem. Que o homem confiará no homem como a palmeira confia no vento, como o vento confia no ar, como o ar confia no campo azul do céu."

Ele nos estimula a confiarmos no próximo, único caminho para alcançarmos a paz.

A confiança é um edifício difícil de ser construído, fácil de ser demolido e muito difícil de ser reconstruído.
Augusto Cury

Segundo o físico alemão Albert Einstein, "para crescer é preciso estar disposto a errar". Como sabemos, errar é humano, e é com os erros que nós aprendemos. O importante é não desistir.

Muitas pessoas citam Thomas Edison e os milhares de lâmpadas que ele queimou antes de obter a luz elétrica, mas há outros grandes "fracassados" que, graças a seus erros, adquiriram uma valiosa experiência que os levou ao sucesso. Entre eles, vale lembrar:

1. Abraham Lincoln perdeu cinco eleições antes de chegar à presidência.
2. Henry Ford fracassou em duas empresas como fabricante de automóveis antes de criar a Ford Motor Company.
3. Berry Gordy, fundador da Motown Records, fechou sua primeira loja de discos porque o negócio não ia para frente. Esse fracasso lhe valeu lições que o ajudariam a fundar uma das gravadoras mais bem-sucedidas do século XX.

Portanto, sem medo, arrisque mais. Viva, ame, pense, vibre, erre, caia, chore, depois se levante e comece outra vez. Nunca se sabe o dia de amanhã. Só se vive uma vez, mas se o tempo que lhe foi concedido for bem aproveitado, uma vez é suficiente.

Autor desconhecido

A fábula do imbecil

Claro que dói muito ouvirmos alguém dirigir-se a uma outra pessoa e afirmar: "Você é um imbecil!"

Bem sabemos que, em psiquiatria, imbecil é uma pessoa doente, que possui um atraso mental acentuado, é educável somente até certo grau e, embora saiba falar, é incapaz de utilizar e compreender a linguagem escrita.

Logo, podemos perceber o quão impróprio é, com certa liberdade, muitas vezes chamarmos nosso próximo de "imbecil".

Diante dessas situações, é muito válido seguirmos os conselhos do filósofo Aristóteles, que lá na antiguidade já aconselhava que "o ignorante afirma, o sábio duvida, o sensato reflete".

Portanto, antes de qualificarmos qualquer um de nossos semelhantes, devemos ter todo o cuidado, pois muitas vezes ele pode ter uma reserva mental igual ou até mesmo superior à nossa.

Trago, a seguir, a fábula do imbecil, de autoria desconhecida, para nossa reflexão:

"Dizem que, numa pequena cidade, um grupo de pessoas se divertia com o 'imbecil' local, um pobre coitado, de 'pouca inteligência', que vivia fazendo pequenas tarefas e pedindo esmolas.

Todos os dias, alguns homens chamavam o 'estúpido' para o bar onde se encontravam e ofereciam-lhe para escolher entre duas moedas: uma grande, de menor valor, e a outra menor, valendo cinco vezes mais.

Ele levava sempre a maior e a menos valiosa, o que era motivo para uma risada geral.

Um dia, alguém, ao assistir à diversão do grupo com o homem 'inocente', chamou-o de lado e perguntou-lhe se ele ainda não tinha percebido que a moeda maior valia menos, e ele respondeu: 'Eu sei, eu não sou tão estúpido. Ela vale cinco vezes menos, mas no dia em que eu escolher a outra, o jogo termina e eu não vou mais ganhar moeda alguma'."

Essa história podia terminar aqui, como uma piada simples, mas várias conclusões podemos tirar desta fábula:

A primeira: quem parece um idiota, nem sempre o é.

A segunda: quem foram os verdadeiros idiotas da história?

A terceira: ambição excessiva pode acabar com a fonte de rendimento.

Mas a conclusão mais interessante é:

1. Podemos ficar bem, mesmo quando os outros não têm uma boa opinião sobre nós mesmos.
2. O que importa não é o que os outros pensam de nós, mas o que cada um pensa de si mesmo.
3. O verdadeiro homem inteligente é aquele que parece ser um idiota na frente de um idiota que parece ser inteligente.

Antes de julgarmos nossos semelhantes, e de procurarmos rebaixá-los, nada melhor do que nos determos nas admoestações de Jesus Cristo, que no livro de Mateus, capítulo 5, versículo 22, já nos dizia:

Mas eu lhes digo que qualquer um que ficar com raiva do seu irmão será julgado. Quem disser ao seu irmão: "Você não vale nada" será julgado pelo tribunal. E quem chamar o seu irmão de idiota estará em perigo de ir para o fogo do inferno.

Sempre gostei daquele pensamento bíblico que questiona "e por que reparas no argueiro que está no olho do teu irmão, mas não atentas para a trave que está no teu olho?" (Mat. 7:3). É bom termos muito cuidado ao julgarmos os outros.

Não espere nada de ninguém

Na vida, cada um de nós tem muitas lições a aprender, e uma delas é não esperar nada dos outros. Olhando o mundo atual é muito fácil de verificarmos que o egoísmo e a indiferença andam de mãos dadas. Estaria eu, ao efetuar essas colocações, cometendo alguma heresia? Penso que não! Cheguei a essa conclusão ao ver que ninguém tem a obrigação de atender às nossas expectativas. O tempo corre ligeiro e acabamos percebendo que tudo aquilo que esperamos de alguém não acontece, e nos decepcionamos. Por isso, quem nada espera dos outros, não sofre as dores da frustração.

O psicanalista carioca Hugo Lapa, ao escrever o texto "Criar Expectativas" nos ajuda a bem compreender essa dura realidade.

Não espere nada de ninguém...
Nem fique criando expectativas sobre a vida.
A expectativa é o primeiro passo para o sofrimento.
Quem fica esperando algo, não vive,
E quem vive, não fica esperando.
Quanto mais você espera de alguém,
Mais se decepciona quando o outro não corresponde.
A frustração é sempre proporcional às nossas expectativas.
A vida nunca te prometeu nada, ela apenas é o que é.
Somos nós que projetamos nela sonhos e ilusões,
Que desde que foram criadas, já estão fadadas ao fracasso.
Quem fica esperando retribuição, sofre mais por não ser retribuído.

Quem fica esperando atenção, sofre mais por não ganhar a atenção.
Quem fica esperando afeto, sofre mais por não receber o afeto esperado.
Criamos um ideal de como as coisas devem ser,
E ficamos sempre na expectativa de que esse ideal se concretize.
Mas todo ideal é sempre destituído de realidade.
Criar expectativas é abster-se do real e viver na ilusão.
O ideal é, por definição, inalcançável.
Nunca uma coisa estará exatamente como nós esperamos,
A realidade estará sempre ao menos levemente diferente do ideal.
O tolo cria muitas expectativas,
O homem comum ainda espera ao menos um pouco da vida.
Mas o sábio nada espera, e por isso, nunca se decepciona.
Quem vive sem nada esperar ganha a cada segundo.
Quem vive esperando perde a cada segundo.
Quem não cria ideais e nada espera, vive melhor.
"Não espero nada, o que vier é lucro",
Este é o melhor lema para nossas vidas.
Esse se satisfaz com pouco, e esse pouco se torna suficiente.
Quem não cria expectativas, não cai em desilusões,
Vive sem esperar pelos frutos de suas ações, e assim está satisfeito.

Diante desse precioso ensinamento, é fácil concluirmos que devemos esperar de nós mesmos tudo aquilo que na vida pretendemos alcançar: paz, amor e felicidade.

Assim, o grande aprendizado é que na vida devemos nos esforçar para alcançarmos tudo aquilo que nossa capacidade e forças permitem.

O resto que vier é lucro.

Nunca espere nada de ninguém. Apenas faça.

Aprendi a nunca esperar nada de ninguém. Desde então, eu só tenho surpresas – nunca decepção.
Augusto Branco

Veja com quem andas...

Todos nós temos o direito de escolher nossas amizades e as pessoas com quem desejamos conviver. Buscamos sempre para nossa companhia aquelas pessoas com quem temos mais afinidade. Porém, é certo que todas elas vão exercer enorme influência em nossa conduta, pois sempre vamos espelhar aquilo que está diante de nós.

Existe um ditado popular muito conhecido: "Dize-me com quem andas, que te direi quem és". Portanto, é muito forte a influência sobre nós daqueles que temos ao nosso redor. Para o palestrante Jim Rohn, você é a média das cinco pessoas com quem mais convive. Mesmo que esse número não seja exato, podendo variar para mais ou para menos, o resultado da média sempre vai prevalecer.

Na Grécia antiga viveu um escritor, chamado Esopo, a quem são atribuídas quarenta fábulas populares, conhecidas e referidas em todas as literaturas. Para ilustrar esse texto, busquei uma delas: do sapo e do escorpião. Estavam ambos na beira de um rio, para atravessá-lo. O escorpião, não sabendo nadar, pediu carona, subindo nas costas do sapo. Este, temeroso, disse que não, pois, levando uma ferroada venenosa, morreria. Todavia, diante da promessa de bom comportamento, o sapo concordou. Quando chegaram no meio do rio, seu companheiro não resistiu e deu-lhe a venenosa ferroada, e ambos pereceram nas águas daquele rio. O sapo escolheu mal a sua companhia. Todas as fábulas de Esopo vêm com características humanas, e procuram trazer bons ensinamentos a seus leitores. Todas trazem a moral da história.

Decida quem você deseja ser no futuro e, ciente disso, escolha as pessoas que já trilharam o mesmo caminho.

Tente encontrar pessoas que possuam uma inteligência diferente da sua; dessa forma poderá evoluir ao mesmo tempo que ensina o que aprendeu.

Encontre pessoas que possuem habilidades e competências diferentes das suas dessa forma poderá aprender e ensinar coisas novas.

Atenção na escolha de companhias que vão ao encontro de seus valores e crenças. Vale se certificar como vai a sua flexibilidade.

Por fim, entenda que toda possibilidade de contato é uma oportunidade de evoluirmos ou não. Portanto, escolha com cuidado e atenção.

É nesse convívio com pessoas que nos cercam que nós encontramos e selecionamos aqueles que devem ser os nossos verdadeiros amigos, para esse relacionamento de afeto e de carinho. Foi por isso que Oprah recomendava: "Cerque-se apenas de pessoas que irão elevá-lo mais alto".

Para andar pelos tortuosos caminhos da vida, muitas vezes saímos à procura de pessoas perfeitas. Mas é difícil encontrá-las, por isso vejo que basta que as pessoas nos façam bem, que entendam o nosso passado e acreditem no nosso futuro.

Em muitas situações tenho buscado o pensamento de Charles Chaplin, e o faço agora, sobre este tema, pois pouco importa o que temos na vida, mas sim quem temos em nossa vida, pois na realidade é somente isso que importa:

Durante a nossa vida
Conhecemos pessoas que vêm e que ficam
Outras que vêm e passam
Existem aquelas que vêm, ficam
E depois de algum tempo se vão
Mas existem aquelas que vêm e se vão
Com enorme vontade de ficar.

A vida é curta e passageira, e ninguém deve permitir que "escorpiões" subam nas suas costas em busca de carona, para apenas nos levar para o "fundo" dos rios da vida, sem nenhum objetivo de nos ajudar a crescer e encontrar as margens da paz e da felicidade.

Veja com quem andas... Antes poucos do que falsos.

Se um dia tiver que escolher entre o mundo e o amor, lembre-se: se escolher o mundo ficará sem o amor, mas se escolher o amor, com ele você conquistará o mundo.
Albert Einstein

Havia um rei que gostava muito das árvores e das flores. Certo dia, ao se aproximar da janela, viu algo em seu jardim de que não gostou e saiu correndo. Já no jardim, perguntou ao carvalho: "O que houve, carvalho? O que você tem?" O carvalho, com uma voz muito melancólica e triste, respondeu: "Não sei por que sou tão grande, eu gostaria que você me achasse tão belo quanto as rosas desta bela roseira". O rei olhou em volta e avistou a roseira, que também estava triste. "O que houve, roseira?" quis saber o rei. Esta lhe respondeu: "É que eu seria muito feliz se tivesse os ramos bem torneados e pontudos como os do pinheiro, que tanto o encanta". O rei se voltou para o pinheiro e também o encontrou triste. Obviamente, o rei indagou: "O que houve, pinheiro? O que você tem?" O pinheiro respondeu: "Eu gostaria de ser cheio de cores e com flores lindas como as do craveiro". O rei olhou em volta e viu o craveiro radiante, repleto de cor e com as flores abertas. Emanava um júbilo e uma luz imensa. O rei, perplexo, se aproximou, acariciou o craveiro e, com muita calma, lhe perguntou: "Craveiro, como é possível você se encher de luz e brilho quando todos à sua volta estão tão tristes por desejarem ser diferentes?" O craveiro, lentamente e com alegria na voz, respondeu: "Veja bem, meu rei, também pensei em ficar triste, pois vi como você ama o carvalho e admira sua força, como adora a roseira e usa suas flores para fazer a corte, vejo como poda o pinheiro para que se mantenha em forma... mas logo pensei que se quisesse me ver como um carvalho, teria plantado um carvalho, mas plantou a mim, porque meu rei deseja ver um craveiro. Por isso, decidi ser o melhor craveiro do mundo, somente para você."

Autor desconhecido

A regra dos 5 segundos

Sempre nutri enorme interesse de conhecer o Algarve, região ao sul de Portugal, com seus 16 municípios, 200 quilômetros de costa e um dos mais belos cenários do mundo, com água cristalina, praias de areia branca, um povo simpático e maravilhoso e, para todos, um destino turístico muito cobiçado. Para aqueles que apreciam o sol, podem desfrutá-lo ali por mais de 3.000 horas ao ano. Foi dessa região que os portugueses partiram, no século XV, para descobrir outras partes do mundo.

Tive a oportunidade de viajar de carro por essa região. Ao pararmos para abastecer, entrei em uma loja de conveniência para pagar pelo combustível e me deparei com vários livros à venda. Um deles me chamou a atenção: *A Regra dos 5 Segundos*, de autoria da norte-americana Mel Robbins, escritora e palestrante que, antes de obter sucesso na vida, passou por enormes dificuldades.

Aos 39 anos ela estava desempregada, os negócios do marido tinham falido, o casal acumulava dívidas e discussões, e ela bebia cada vez mais. Mas em um determinado dia, ao ver na televisão a contagem regressiva antes do lançamento de um foguete, ela descobriu que ali estava a solução mágica para os seus problemas.

5... 4... 3... 2... 1...

O princípio é simples, assim como a vida. A simplicidade contida na história dos peixes narrada a seguir, nos permite ver que as realidades mais óbvias e importantes são frequentemente aquelas que são mais difíceis de ver e de falar. "Era uma vez dois jovens peixes nadando juntos, quando encontraram um peixe mais velho a nadar na direção contrária, que lhes acenou e disse: '– Bom dia, rapazes, como vai a água?' Os dois jovens peixes continuaram a nadar por algum tempo e, por fim, um deles olhou para o outro e perguntou: '– Que raio é a água?'"

O princípio de Robbins também é muito simples. Para ela, no momento em que hesitamos é quando devemos começar a contar 5... 4... 3... 2... 1... e avançar! A regra, conforme ficou provado cientificamente, é uma forma de metacognição. Ela ainda complementa: quando a usamos, é como se colocássemos as "mudanças mentais" em rápida sequência e acabássemos com a mania de pensar em demasiado antes de agirmos.

Na realidade, a regra dos 5 segundos funciona como um ritual de iniciação, quebrando os maus hábitos e desencadeando na criatura humana transformações positivas.

Para o entendimento de Mel Robbins, precisamos de apenas cinco segundos para:

- Recuperar a autoconfiança.
- Deixar de duvidar de si.
- Vencer o medo e a insegurança.
- Deixar de se preocupar e começar a viver.

Analisando a regra, podemos perceber que é fácil de a colocarmos em prática. Com isso, podemos resolver um problema que atinge a muitos – a falta de confiança em nós mesmos.

Todos nós temos que apostar em nossas capacidades para podermos ser vitoriosos. Essa aposta ganha asas ao partirmos para a ação.

A autora relata que estava na cama, estava frio, era inverno e ela não queria acordar. Lembrou-se do foguete que fora lançado e começou a contagem regressiva 5... 4... 3... 2... 1... e se levantou. Foi aí que ela descobriu a regra.

Assim, resumindo, o segredo para vencer não é apenas saber aquilo que devemos fazer – é começar a fazê-lo.

Encerrada a contagem, de imediato vem a ação. Como o foguete subiu para o espaço, assim também devemos, finda a contagem, partir para a ação.

A melhor vida não é
a mais comprida, mas sim a
mais rica em boas ações.

Marie Curie
(1867-1934),
*física e química polonesa,
recebeu o Prêmio Nobel de Física.*

Ser feliz é não ter medo dos próprios sentimentos.
É ter coragem para ouvir um "não".
Ser feliz é deixar viver a criança livre,
alegre e simples que mora dentro e cada um de nós.
É ter maturidade para falar "eu errei".
É ter ousadia para dizer "me perdoe".
É ter sensibilidade para expressar "eu preciso de você".
É ter capacidade de dizer "eu te amo".
Jamais desista de si mesmo.
Jamais desista das pessoas que você ama.
Jamais desista de ser feliz, pois a vida
é um espetáculo imperdível...
E tenha certeza que você é um ser humano especial
para todas as pessoas que te gostam, respeitam e querem
te ver sempre bem...

Augusto Cury

Em busca de sentido

Em Busca de Sentido é o título de um livro escrito pelo psiquiatra Viktor Frankl, no ano de 1946, onde retrata suas experiências como detento durante três anos em um campo de concentração. No livro ele descreve seu método de como encontrar uma razão para viver. O sucesso foi tão grande, que mais de 10 milhões de exemplares foram publicados em vários idiomas e vendidos ao redor do mundo. Em sua obra, Frankl afirma que ninguém pode evitar o sofrimento, mas pode escolher como lidar com ele e nele encontrar o sentido da vida que se busca.

Nosso mundo está repleto de pessimistas, que só tendem a se concentrar nos aspectos negativos da vida. Têm razão aqueles que testam os pessimistas, ao perguntarem se "o copo está meio vazio ou meio cheio". Para eles sempre está meio vazio, enquanto os otimistas enxergam o copo meio cheio.

Foi ali, em um campo de concentração nazista, que esse médico psiquiatra pôde observar, cuidadosamente, o comportamento dos prisioneiros. Para ele, todos aqueles que tinham um propósito de vida, que tinham em mente um objetivo, viveram, mesmo diante de enormes sofrimentos, dias melhores.

Em meio a essa cruel realidade ele criou a logoterapia, buscando reorientar seus pacientes para a busca de um sentido. Ele contrariava Freud, que acreditava que a busca de um sentido para a vida era buscar o prazer, enquanto ele, no campo de concentração, vivenciando cenas horríveis de crueldade, afirmou em seu trabalho que o ser humano pode encontrar o sentido da vida no sofrimento.

Frankl tem muita razão nas conclusões a que chegou. Mesmo nos dias atuais, todos nós concordamos, ao perceber que as pessoas que têm um propósito definido, que desejam alcançá-lo, enfrentam toda e qualquer adversidade para atingirem o seu objetivo, enquanto aquelas que são desprovidas de um sentido acabam sempre desistindo, não prosseguindo em seu intento.

Amigo, nunca desista de seus sonhos!

Saia em busca de sentido! Essa é uma busca pessoal, intransferível, pois não podemos outorgar poderes para que terceiros façam isso por nós. Cada um tem o dever de decidir o que almeja alcançar na sua vida.

Esse festejado psiquiatra austríaco alertava seus pacientes que "a falta de objetivos pessoais é a maior fonte de desgraça, capaz de produzir o sofrimento no ser humano".

Enquanto redijo este texto, vejo que o dia é feriado – Corpus Christi, uma festa que faz parte do calendário católico desde o século XIII, criado com o intuito de celebrar as realizações do sacramento da Eucaristia. Fico agora a meditar, acreditando que todos os meus leitores já têm ou sairão em busca de um sentido para a sua vida. Uns acompanham Freud, na expectativa de encontrá-lo no prazer, enquanto outros, como Frankl, esperam encontrá-lo mesmo enfrentando adversidades.

Talvez alguns questionem: mas, afinal, o que é essa teoria de Frankl, como ela é usada no tratamento de seus pacientes?

Eram três as formas como, com sucesso, ele empregava sua teoria:

1. Criando um trabalho ou praticando um ato.
2. Encontrando um amor.
3. Através da atitude tomada em relação a um sofrimento que não pode ser evitado.

Seguindo essa teoria, estaremos no caminho certo para encontrarmos um sentido para a vida.

Um provérbio educativo

Durante a nossa curta jornada neste mundo, vamos aos poucos aprendendo e acumulando muitas experiências. O escritor francês Honoré de Balzac, famoso por suas agudas observações psicológicas, afirmou que "quando temos 20 anos, estamos convencidos de que resolvemos o enigma do mundo. Aos 30, começamos a refletir acerca dele. Aos 40 descobrimos que ele não tem solução."

Com o avançar dos anos, somos convidados a confrontar todos os obstáculos que vão surgindo, sempre na doce expectativa de encontrarmos as melhores soluções. Na China eles dizem: "Se o problema tem solução, não esquente a cabeça, porque tem solução. Se o problema não tem solução, não esquente a cabeça, porque não tem solução."

Tive diversas oportunidades de entrar em cassinos e observar os jogos de cartas: *black jack, poker, texas holden*, entre outros. Diante desse quadro, até comparei que nós não devemos guardar as cartas do baralho de nossa vida para depois. Devemos usar todas que pudermos agora. Talvez não apareça outra oportunidade, pois o jogo da vida pode acabar antes.

Esse jogo da vida deve ser efetuado com cautela e muita segurança. Nada melhor do que procurarmos conhecer um provérbio árabe, cujo conteúdo é muito educativo:

Não digas tudo que sabes
Não faças tudo que podes
Não creias em tudo que vês
Não gastes tudo que tens
Porque quem diz tudo que sabe
Quem faz tudo que pode
Quem crê em tudo que vê
Quem gasta tudo que tem
Muitas vezes
Diz o que não convém
Faz o que não deve
Julga o que não vê
Gasta o que não pode

Existe tanta sabedoria nesse provérbio, que até dispensa maiores comentários.

Todavia, ouso acrescentar:

- Todo aquele que fala demais, escuta de menos, não sabe que é preciso saber ouvir a opinião dos outros.
- Caso não possamos fazer tudo o que nos apresentam, vamos fazer pelo menos tudo o que pudermos. Assim, vamos viver tudo o que pudermos viver hoje.
- Alguns duvidam de tudo, enquanto outros creem em tudo. Oscar Wilde, um escritor britânico, dizia que o "velho acredita em tudo, o homem maduro duvida de tudo e o jovem sabe tudo".

Nada melhor, por mais complexo que pareça, do que juntarmos essas colocações e darmos o tão sonhado equilíbrio em nossas vidas.

O provérbio nos traz uma importante recomendação: não gastes tudo o que tens. Na escola, desde cedo, deveriam ser ministradas aulas de educação financeira, ensinando os alunos a controlarem os seus gastos e aprenderem a poupar. Para não enfrentarmos dissabores futuros, temos que usar nossos recursos com os pés no chão.

Todos nós, durante a vida, podemos descumprir uma ou até mesmo as quatro regras desse educativo provérbio árabe. Na verdade, todas as falhas levam a uma lição, e nos trazem oportunidades de mudança que nos tornam mais fortes para enfrentarmos vitoriosamente as dificuldades com as quais nos deparamos.

Quando vires um homem bom, tenta imitá-lo; quando vires um homem mau, examina-te a ti mesmo.
Confúcio

QUE VOCÊ SEMPRE TENHA

Paciência para as dificuldades
Tolerância para as diferenças
Benevolência para os equívocos
Misericórdia para os erros
Perdão para as ofensas
Equilíbrio para os desejos
Sensatez para as escolhas
Sensibilidade para os olhos
Delicadeza para as palavras
Coragem para as provas
Fé para as conquistas
E amor para todas as ocasiões.

Autor desconhecido

Quem sacudiu a jarra?

Muitos perguntam em que locais escrevo meus textos, e sempre respondo que não há lugares preferidos. E agora, onde estou escrevendo? Até parece inacreditável, pois estou sentado numa cadeira em uma pequena mesa a bordo de um cruzeiro marítimo. Estamos em pleno Mar Mediterrâneo, que se localiza entre Europa, África e Ásia, formado a partir das águas do Oceano Atlântico, com uma área de 2,5 milhões de quilômetros quadrados, considerado o maior mar interior continental do mundo.

Acabamos de aportar na ilha de Maiorca, cuja capital é Palma, uma cidade turística espanhola, com pouco mais de 500 mil habitantes.

Enquanto observo a cidade e suas montanhas, veio-me à lembrança a guerra das formigas. Conta-se que se pegarmos 100 formigas vermelhas e 100 formigas pretas, todas grandes, e colocarmos juntas dentro de uma jarra, nada acontecerá. Cada uma ficará quieta no seu lugar. Porém, se sacudirmos violentamente a jarra e as jogarmos de volta no chão, irá começar uma luta feroz entre elas, até que matem umas às outras. Com a sacudida da jarra, as formigas vermelhas pensam que as formigas pretas são as inimigas, e vice-versa.

A quem deveremos atribuir a culpa? Concluímos que, na realidade, o verdadeiro inimigo é quem sacudiu a jarra.

Essa mesma situação está acontecendo no país nos dias de hoje. Existe muita gente sacudindo a jarra e apenas observando a luta entre:

- Nós x eles
- Negros x brancos
- Ricos x pobres

- Capitalismo x socialismo
- Liberais x conservadores

Todos nós sabemos que a tolerância é condição essencial para quem quer viver em liberdade.

Alguém escreveu, diante dessas sacudidas da jarra, que "seja luz, onde quer que esteja. Pratique a solidariedade com gratidão e prazer. Ame o próximo e seja uma pessoa grata, porque só assim você conseguirá pensar muito bem antes de agir inconscientemente."

Diante de muitas situações, além das acima elencadas, devemos "pensar muito bem" antes de sacudirmos a jarra que temos em nossas mãos e tirarmos a paz daqueles que estão ao nosso redor.

Com alguma tristeza, observo que dentro de nossa sociedade encontramos muitos que procuram colocar uns contra os outros. Vivem sacudindo a jarra, demonstrando prazer em criar confusão.

Vejo que:

- Bandido virou herói e polícia virou bandido.
- Ser corrupto virou orgulho e ser honesto virou piada.

Muitos procuram corromper a sociedade para dela tirarem proveito. Devemos nos esforçar para tirar a jarra das mãos desses "bandidos e corruptos", na doce expectativa de que o país progrida e reine a paz entre todos.

Precisamos entender, como dizia Emmanuel Kant, que "ninguém poderá obrigar-me a ser feliz a sua maneira".

Neste instante ouço a sirene do navio, alertando aqueles que desembarcaram para que retornem a bordo, pois continuaremos a navegar por um calmo, limpo e azulado mar.

Embora não veja as formigas na terra, deu-me vontade de pedir ao comandante da embarcação que profira as seguintes palavras: "Saibam que o verdadeiro inimigo do povo é somente aquele que agita a jarra. Saibam, ainda, que nesta embarcação é proibido agitar a jarra." E assim deveria ser em todos os lugares.

Viver para os outros

Existem algumas colocações que nos obrigam a refletir. Foi o que aconteceu comigo após ler algumas delas e dar-lhes inteira razão, face à verdade que cada uma encerra:

- Rios não bebem da sua própria água.
- Árvores não comem do seu próprio fruto.
- O sol não brilha em si mesmo.
- Flores não espalham seu perfume para si mesmas.

Essas são regras da natureza. Será que o ser humano, neste mundo de tanta pobreza e violência, tem o direito de se fechar e viver apenas para si mesmo, indiferente a tudo o que acontece ao seu redor?

Foi pensando nisso que Dalai Lama, chefe de estado e líder espiritual do Tibete, afirmava que "o desejo de ir em direção do outro, de se comunicar com ele, ajudá-lo de forma eficiente, faz nascer em nós uma imensa energia e uma grande alegria, sem nenhuma sensação de cansaço".

Assim como os rios, as árvores, o sol e as flores, também temos o dever de nos doar, quando possível e necessário, em prol dos nossos semelhantes. No sexto livro do Novo Testamento, o apóstolo Paulo, dirigindo-se aos romanos, recomendava: "Amai-vos cordialmente uns aos outros com amor fraternal, preferindo-vos em honra uns aos outros". (Rom 12:16)

Todos nós precisamos aceitar que não podemos viver apenas para nós mesmos, que nascemos com o dever de ajudar os outros.

O pensador Ozias Barbosa, em seu pequeno poema "Amar Sempre", recomenda:

Amar sim.
Amar sem ter medo,
Mesmo que seja com exagero.
Amar o próximo,
Sem ficar só pensando em dinheiro.
Amar sim,
Amar com desespero,
Mesmo que seja um dia, uma noite, ou o ano inteiro.
Amar no outono, no inverno, na primavera e no verão.
Amar sempre,
Para que sempre sejamos amados.

Quem acompanha os acontecimentos mundiais, através da mídia, tem amplo conhecimento das desigualdades que imperam, com milhões de seres humanos enfrentando inúmeras dificuldades e implorando pela ajuda de seu próximo.

Muitos dão as costas, só pensam em si e em ganhar dinheiro, sem ter um mínimo de benevolência pelo seu próximo. Oliver Goldsmith foi um médico e escritor irlandês que, descrevendo essa situação vivida pelos desafortunados, concluiu que "o maior espetáculo é um homem trabalhador lutando contra a adversidade, mas há outro ainda maior: ver outro homem ajudá-lo". Sejamos esse outro homem.

Quando se afirma "viva para os outros" ou, em palavras diferentes, "ame ao seu próximo", vejo que não se trata de um simples conselho, mas sim de um mandamento divino que deve ser seguido.

Em tudo que aqui afirmamos há um porém: desde que isso não nos prejudique e não passemos a ser dependentes de ajuda de terceiros.

Sabendo administrar o nosso tempo, sempre teremos tempo disponível para também viver um pouquinho pelo bem dos outros. E, como sabemos, o bem gera o bem.

As definições do amor

Tenho certeza de que se pedíssemos para cada pessoa a definição de "amor", teríamos frases completamente diferentes, pelo simples fato de este ser um sentimento que habita em cada coração de forma distinta.

Tanto é verdade, que pediram que o amor fosse resumido em apenas cinco palavras, e podemos ver quão diferentes foram as conclusões:

- É impossível ser feliz sozinho.
- Encarar o mundo a dois.
- Um sentimento em dois corações.
- O sentido da vida, realmente.
- Doação de ambos todo tempo.

Sua frase, em apenas cinco palavras, certamente seria bem diferente das aqui elencadas, pois a forma de você viver e encarar o amor deve ser diferente. Isso é o amor, pois ele está escondido no mais íntimo do coração.

Olavo Bilac sabia, como poucos, que somente os poetas têm a capacidade de ouvir e entender estrelas, pois todos eles sabem que amar é a primeira missão de seus corações.

Numa sala de aula infantil, a professora pediu para as crianças definirem o amor. Cada uma delas manifestou à sua própria maneira o que sentiam sobre o amor:

- Quando minha avó pegou reumatismo, ela não podia se debruçar pra pintar as unhas dos pés. Desde então, é meu avô que pinta pra ela, mesmo ele tendo artrite. (Rebeca, 8 anos)
- Amor é quando uma menina coloca perfume e o garoto põe loção de barba do pai, e eles saem juntos e se cheiram. (Karl, 5 anos)
- Amor é como uma velhinha e um velhinho que ainda são muito amigos, mesmo conhecendo-se há muito tempo. (Tomy, 6 anos)
- Há dois tipos de amor: o nosso e o amor de Deus, mas o amor de Deus junta os dois. (Jonny, 4 anos)
- Amor é quando você fala para alguém alguma coisa ruim sobre você e tem o sentimento de que essa pessoa não ama mais você por causa disso. Aí você descobre que ela continua te amando e até te ama mais ainda. (Samantha, 7 anos)
- Amor é quando você fala pro menino "que camisa linda você tá usando", e daí ele passa a usar a camisa todo dia. (Noelle, 7 anos)
- Quando você tem amor por alguém, seus olhos sobem e descem, e pequenas estrelas saem de você. (Karen, 7 anos)

Claro que poderíamos reunir aqui inúmeras definições de amor, mas sabemos que ele é individual e está dentro de cada coração humano.

Lendo tudo o que acima escrevemos, chegamos à conclusão de que Sêneca, no passado, tinha inteira razão ao afirmar que o "amor não se define, sente-se".

Percebemos que esse sentimento tem inúmeras versões, cada um o sente à sua maneira. Todavia, quero, no meu modesto entender, deixar aqui o que o apóstolo Paulo, um dos maiores propagadores do cristianismo e autor de treze epístolas do Novo Testamento, nos deixou em sua carta aos Coríntios, proclamando a superioridade do amor sobre os demais dons:

Ainda que eu falasse as línguas dos homens e dos anjos, e não tivesse amor, seria como o metal que soa ou como o sino que tine.
E ainda que tivesse o dom de profecia, e conhecesse todos os mistérios e toda a ciência, e ainda que tivesse toda a fé, de maneira tal que transportasse os montes, e não tivesse amor, nada seria.
E ainda que distribuísse toda a minha fortuna para sustento dos pobres, e ainda que entregasse o meu corpo para ser queimado, e não tivesse amor, nada disso me aproveitaria.
O amor é sofredor, é benigno; o amor não é invejoso; o amor não trata com leviandade, não se ensoberbece.
Não se porta com indecência, não busca os seus interesses, não se irrita, não suspeita mal;
Não folga com a injustiça, mas folga com a verdade;
Tudo sofre, tudo crê, tudo espera, tudo suporta.
O amor nunca falha; mas havendo profecias, serão aniquiladas; havendo línguas, cessarão; havendo ciência, desaparecerá.
(1 Coríntios 13:1-8)

O apóstolo Paulo, nessa bela carta dirigida à comunidade cristã de Corinto, que estava se dividindo, define o amor. Ainda que decorrido tanto tempo, também vale muito para a nossa reflexão, para admitirmos em nossas vidas que nenhum dom é mais precioso do que o amor. Cada um pode defini-lo como melhor lhe aprouver, porém vamos tê-lo como sendo, dentre todos, o que de melhor nós temos.

A medida do amor é amar sem medida.
Santo Agostinho

A ternura é o amor que se torna próximo e concreto. É um movimento que brota do coração e chega aos olhos, aos ouvidos e às mãos. A ternura é o caminho que percorreram os homens e as mulheres mais corajosos e fortes.

Papa Francisco

O amor não se vê com os olhos,
se vê com a mente.

WILLIAM SHAKESPEARE
(1564-1616),
*poeta britânico, conhecido como
o maior escritor do idioma inglês.*

TUDO É AMOR

Vida – é o Amor existencial.
Razão – é o Amor que pondera.
Estudo – é o Amor que analisa.
Ciência – é o Amor que investiga.
Filosofia – é o Amor que pensa.
Religião – é o Amor que busca Deus.
Verdade – é o Amor que se eterniza.
Ideal – é o Amor que se eleva.
Fé – é o Amor que se transcende.
Esperança – é o Amor que sonha.
Caridade – é o Amor que auxilia.
Fraternidade – é o Amor que se expande.
Sacrifício – é o Amor que se esforça.
Renúncia – é o Amor que se depura.
Simpatia – é o Amor que sorri.
Altruísmo – é o Amor que se engrandece.
Trabalho – é o Amor que constrói.
Indiferença – é o Amor que se esconde.
Desespero – é o Amor que se desgoverna.
Paixão – é o Amor que se desequilibra.
Ciúme – é o Amor que se desvaira.
Egoísmo – é o Amor que se animaliza.
Orgulho – é o Amor que se enlouquece.
Sensualismo – é o Amor que se envenena.
Vaidade – é o Amor que se embriaga.

Finalmente, o ódio, que julgas ser a antítese do Amor, não é senão o próprio Amor que adoeceu gravemente.

André Luiz

A força do amor

Com certeza todos nós amamos e pudemos sentir, em diferentes intensidades, a grande força do amor, quando por ele estamos dispostos a fazer tudo o que necessário for.

Essa força invisível inspirou muitos poetas, que souberam, em seus versos, retratá-la com elegante beleza. Houve inclusive um apaixonado que exagerou ao afirmar:

Tocando o pé no chão, alcança as estrelas
Tem poder de mover as montanhas
Quando quer acontecer, derruba as barreiras.

Na verdade, com um leve toque de amor, todos se transformam em poetas. Que belo toque é esse!

Para desfrutar dessa força indescritível, basta na vida apenas saber amar. Ela está nas palavras amorosas, no olhar romântico e nos gestos carinhosos. Todos possuem essa força dentro de si; basta apenas querer praticá-la.

Para Camões, o famoso poeta português, "o amor é fogo que arde sem se ver, é ferida que dói, e não se sente".

Para Shakespeare, o escritor inglês, "o amor é a única loucura de um sábio e a única sabedoria de um tolo".

Para Mário Quintana, o poeta gaúcho, "é tão bom morrer de amor! E continuar vivendo." "Se tu me amas, ama-me baixinho. Amar é mudar a alma de casa."

Para Pablo Neruda, o poeta chileno, "antes de amar-te, amor, nada era meu. Vacilei pelas ruas das coisas. Nada importava nem tinha nome. O mundo era do ar que esperava."

Para Carlos Drummond de Andrade, "o amor não se troca, não se conjuga, nem se ama. Porque amor é amar a nada, feliz e forte em si mesmo, que se torna a mais larga e mais relvosa, roçando, em cada poro, o céu do corpo, valendo a pena e o preço terrestre, salvo o minuto de ouro no relógio minúsculo, vibrando no crepúsculo."

O apóstolo Paulo, na carta dirigida aos membros da Igreja na cidade grega de Corinto, distante apenas 48 quilômetros da capital Atenas, soube definir o amor e falar sobre os seus princípios:

> *O amor é paciente, o amor é bondoso.*
> *Não inveja, não se vangloria, não se orgulha.*
> *Não maltrata, não procura seus interesses,*
> *não se ira facilmente, não guarda rancor.*
> *O amor não se alegra com a injustiça, mas se alegra com a verdade.*
> *Tudo sofre, tudo crê, tudo espera, tudo suporta.*
>   I Cor 13:4-7

Quando lemos essa passagem bíblica, constatamos que o caminho do amor não é fácil, todavia é o caminho que dá certo ao seu final.

Declarar amor deveria ser um exercício diário. Se começarmos a praticar, com o passar do tempo isso será espontâneo e natural.

O tempo para amar é agora.

Sempre ouvi falar que o amor concentra em si uma força indescritível. É tão forte, que inclusive muitos, por algum amor, deram fim à própria vida. Desafio você a pensar nos seus momentos amorosos, apaixonado e disposto, de qualquer maneira, a defender o seu amor, ou pelo menos demonstrá-lo. Até paro para pensar nos meus primeiros anos de namoro, se também teria praticado algum ato de loucura. Acredito que sim, pois em um dia ensolarado estávamos na praia, com familiares, contemplando o mar, em cima de uma pedra, quando um chinelo de dedo da minha namorada caiu no mar. Embora todos tenham dito "deixa, que pouco vale", atirei-me no mar para recuperar o chinelo e sofri para voltar à terra, com alguns ferimentos. Isso só porque o chinelo era dela, da namorada, pois se fosse de um de seus pais, que ali estavam, certamente deixaria as ondas do mar o levarem.

Essa, e certamente muitas outras loucuras das quais você já ouviu falar ou cometeu, são as que os namorados acabam fazendo para demonstrar à amada o seu amor. Todos nós somos vencidos pela força invisível do amor.

De fato, a força do amor é irresistível, e todos aqueles que namoram estão sujeitos a cair nas suas garras. Essa é a maior e mais poderosa força do mundo. Sendo bela, forte e segura, nada se iguala nesta vida à força do amor. O escritor Paulo Coelho afirma que "quando se ama, não é preciso entender o que se passa lá fora, pois tudo passa a acontecer dentro de nós".

Podemos ter a certeza de que, caindo nas garras do amor, desfrutaremos de momentos felizes.

Um coração feliz é o resultado inevitável de um coração ardente de amor.
Madre Teresa de Calcutá

O amor é o nosso verdadeiro destino. Não encontramos o sentido da vida sozinhos, e sim com outro. Não descobrimos o segredo de nossas vidas apenas por meio de estudo e de cálculo em nossas meditações isoladas. O sentido de nossa vida é um segredo que nos tem de ser revelado no amor, por aquele que amamos. E, se esse amor for irreal, o segredo não será encontrado, o sentido jamais se revelará, a mensagem jamais será decodificada. No melhor dos casos, receberemos uma mensagem embaralhada e parcial, que nos enganará e confundirá. Só seremos plenamente reais quando nos permitirmos amar – seja uma pessoa humana ou Deus.

Thomas Merton

A arte de amar

Entrando numa livraria, nós vamos encontrar vários livros à venda com o título *A Arte de Amar*, de autoria diversa. Até um filme, de longa metragem, aborda esse palpitante tema de carinho e afeição que envolve todo ser humano.

Encontro alguma dificuldade em definir esse sentimento, pois cada um que ama o expressa de maneira diferente.

Quando, num ônibus de turismo, percorria a cidade de Lisboa, inesperadamente me deparei com uma estátua de Luiz de Camões. A história tem poucos registros de sua vida. Sabe-se que nasceu no início do século XV, faleceu com apenas 56 anos, tempo suficiente para consagrá-lo como importante poeta da literatura portuguesa. Escreveu centenas de poemas. Num deles ele aborda o amor como sendo brando, doce e piedoso. Era um romântico assumido e para ele o amor devia ser pensado, antes de ser sentido. Vejamos como o famoso poeta retrata o amor:

> *Amor é fogo que arde sem se ver,*
> *é ferida que dói, e não se sente;*
> *é um contentamento descontente,*
> *é dor que desatina sem doer.*
> *É um não querer mais que bem querer;*
> *é um andar solitário entre a gente;*
> *é nunca contentar-se de contente;*
> *é um cuidar que ganha em se perder.*

*É querer estar preso por vontade;
é servir a quem vence, o vencedor;
é ter com quem nos mata, lealdade.*

*Mas como causar pode seu favor
nos corações humanos amizade,
se tão contrário a si é o mesmo Amor?*

Quem ouve a música "É só o amor", percebe que o autor e compositor Renato Russo inspirou-se nas palavras do apóstolo Paulo e no poema de Camões, e para ele o amor verdadeiro nunca vai te fazer sofrer, pois quem ama cuida, não magoa nem decepciona. Não busque pessoas perfeitas, porque não somos, busque apenas pessoas que te valorizem.

O que é o amor?

Todos entendem como sendo "um sentimento de carinho e demonstração de afeto que se desenvolve entre seres que assumem a capacidade de o demonstrar". Por isso dizem que o "amor não se vê com os olhos, mas com o coração".

Intitulamos este artigo como "A arte de amar". Até parece que precisamos ser artistas para subirmos no palco da vida e interpretarmos o amor. Nada disso! Muito longe disso, pois o amor é muito simples, e está ao alcance de todos. Cada um deve amar à sua maneira. Amar e não querer apenas ser amado. O modo, pouco importa. O que vale é saber amar!

Vemos, assim, que o amor significa reciprocidade: amar e ser amado. É isso que faz esse sentimento manter-se vivo.

*O verdadeiro amor nunca se desgasta.
Quanto mais se dá, mais se tem.*
    Antoine de Saint-Exupéry

Infinito amor materno

Um provérbio judaico com sabedoria diz que Deus não pode estar em todos os lugares e, por isso, fez as mães. Esse é o poder da criação. No início, o Onipotente criou Adão e Eva e, após, transferiu essa responsabilidade para as mulheres. Para ser mãe, assume o dom da criação, da doação e do amor infinito.

Contam que uma renomada cientista, Dra. Brown, com mestrados e doutorados, foi convidada para ministrar uma aula para alunos da quinta série de uma escola municipal.

Seu objetivo era demonstrar o que havia de mais moderno e eficiente em termos de tecnologia no mundo. Para atender a curiosidade, a aula foi transmitida por videoconferência para a praça da cidade. Ela falou sobre as mais avançadas invenções tecnológicas e fascinou as crianças com aparelhos que trouxera em uma grande mala.

Finalizou dizendo que cada aluno deveria trazer, no dia seguinte, um texto descrevendo o que de mais moderno e eficiente havia em sua própria casa. O melhor relato ganharia relevante amparo financeiro.

No outro dia, havia ainda mais pessoas na praça desejando saber quem seria o premiado. Dra. Brown leu todos os textos e depois de algum tempo, emocionada, anunciou o vencedor.

Era um menino de dez anos que escrevera:

A senhora pediu para escrever sobre o que houvesse de mais moderno e eficiente em minha casa.

Bom, eu moro longe da escola. Levanto bem cedo porque venho a pé. Minha mãe me oferece um copo de café com leite quentinho.
Ela é muito rápida para acender o fogão à lenha.
Dos aparelhos que a senhora citou na aula não tem nenhum lá em casa. Não temos energia elétrica. Minha mãe ilumina toda a casa com uma lamparina movida a querosene. Acho que ela também é cientista, como a senhora.
A pouca roupa que temos é lavada no rio, com sabão de cinza. Quando volto da escola, o almoço está pronto. Mamãe e eu cuidamos da plantação em volta da casa: uma rocinha de arroz, feijão, algumas verduras.
A refeição é sempre deliciosa, até com alguns ovos, porque temos galinhas. E um pomar, que visito todo dia.
Gostei da máquina que filtra água, que a senhora mostrou. Lá em casa, também mamãe nos dá água boa. Ela ferve bastante a água do rio, deixa esfriar e coloca em vidros esterilizados.
A senhora devia conhecer a minha mãe. Ela é linda. Seu maior sonho é aprender a ler. Mas contas ela faz muito bem. Até me ajuda na tarefa.
De noite, ela narra histórias de um homem chamado Jesus e fazemos oração antes de dormir.
Às vezes, escuto meus colegas conversando sobre o que passou na televisão. Nesses dias, tenho vontade de ter uma em minha casa, mas depois a vontade passa.
Porque sou muito feliz ajudando minha mãe, conversando com ela, sendo amado por ela. Aí, chego a ter certeza de que lá em casa não falta nada.
Lembrei-me do espremedor de frutas ultrapotente que a senhora mostrou. Achei interessante. Mas lá em casa comemos a fruta no pé, todo dia.
Bom, acho que o meu texto não servirá para o que a senhora pediu. Escrevi porque minha mãe me ensinou a cumprir em dia tudo que for solicitado.

Agradeço a sua visita à minha escola e a oportunidade de conhecer a segunda mulher mais importante do mundo. A primeira, sem dúvida, é a minha mãe.
Termino minha redação seguro e certo: o que há de mais moderno e eficiente em minha casa atende pelo nome de mamãe.

Terminada a leitura, concluiu a Dra. Brown: Descobri hoje, nesta cidade do interior, uma lição que nenhuma universidade do mundo conseguiu me ensinar.

Eu me preocupei muito em ter, em inventar, em chamar a atenção. Deixei de enxergar o que realmente vale a pena nesta vida: a extraordinária tarefa de ser mãe. O grande tesouro!

Que possamos refletir o que é mais importante na nossa vida...

É uma pena que são poucos os filhos que reconhecem essa dedicação materna, um amor mais forte do que tudo, mais obstinado do que tudo, mais verdadeiro do que tudo. Assim é o amor de mãe! Ela sabe colocar o filho em primeiro plano, fazendo de tudo para agradá-lo. Para a escritora Cecília Meireles, "nossos filhos têm outro idioma, outros olhos, outra alma".

No século XX, em terra americana, instituíram o Dia das Mães, no segundo domingo do mês de maio, para que os filhos pudessem dedicá-lo às suas mães. Essa data propagou-se pelo mundo. Vejo que a homenagem seria muito maior se todos os dias do ano fossem dedicados a elas e os filhos retribuíssem esse amor e carinho que elas, como ninguém, sabem oferecer.

Todo ano, não só no Dia das Mães, lembro de minha saudosa mãe, de quatro filhos, que cedo se divorciou e se viu obrigada a trabalhar para o sustento da família. Como vendedora de livros religiosos, batia de porta em porta para o cumprimento dessa difícil missão. Reconheço todo seu esforço e a tenho como uma vencedora.

Alguns questionam por que as mães vão-se embora. Na verdade, as mães nunca morrem, pois vão morar para sempre em nossos corações. Sempre são lembradas quando vem a saudade.

Para o poeta Carlos Drummond de Andrade, mãe não morre nunca. Ele deixou um belo poema, intitulado "Para Sempre", que satisfatoriamente responde essa questão:

Por que Deus permite
Que as mães vão-se embora?
Mãe não tem limite
É tempo sem hora
Luz que não apaga
Quando sopra o vento
E chuva desaba

Veludo escondido
Na pele enrugada
Água pura, ar puro
Puro pensamento
Morrer acontece
Com o que é breve e passa
Sem deixar vestígio

Mãe, na sua graça
É eternidade
Por que Deus se lembra
Mistério profundo
De tirá-la um dia?

Fosse eu rei do mundo
Baixava uma lei
Mãe não morre nunca
Mãe ficará sempre
Junto de seu filho
E ele, velho embora
Será pequenino
Feito grão de milho.

Sempre, ao se referirem às mães, alguns pensadores colocam algumas frases como: ser mãe é padecer no paraíso. Bem sei que elas discordam, pois elas desconhecem qualquer sofrimento ao desempenharem esse dom que Deus lhes deu.

Essas frases nos ajudam a compreender o papel que as mães representam em nossas vidas.

Ame sua mãe. Ela merece. Mas não apenas no Dia das Mães: ame-a todos os dias.

O amor de mãe por seu filho é diferente de qualquer outra coisa no mundo. Ele não obedece a lei ou piedade, ele ousa todas as coisas e extermina sem remorso tudo o que ficar em seu caminho.
Agatha Christie

O amor, quando se revela,
Não se sabe revelar.
Sabe bem olhar p'ra ela,
Mas não lhe sabe falar.

Quem quer dizer o que sente
Não sabe o que há de dizer.
Fala: parece que mente...
Cala: parece esquecer...

Ah, mas se ela adivinhasse,
Se pudesse ouvir o olhar,
E se um olhar lhe bastasse
P'ra saber que a estão a amar!

Mas quem sente muito, cala;
Quem quer dizer quanto sente
Fica sem alma nem fala,
Fica só, inteiramente!

Mas se isto puder contar-lhe
O que não lhe ouso contar,
Já não terei que falar-lhe
Porque lhe estou a falar...

Fernando Pessoa

O poder das mulheres

Em recente estatística do IBGE, divulgaram que no Brasil as mulheres são a maioria, com 51,8% da população, enquanto os homens estão em minoria, com 48,2%. Outro detalhe é que elas vivem seis anos a mais. Ao falar do poder das mulheres, cabe comentar que elas vencem em quantidade. Como vamos ver nas linhas seguintes, elas também reúnem expressivas qualidades.

No passado não muito distante, as mulheres eram apenas donas do lar, até que foram à luta, em busca de melhores condições de trabalho e de direitos. Hoje vemos com imensa alegria que elas conseguiram tornar realidade esses sonhos. Antes tinham poucas opções, porém hoje ocupam relevantes cargos, tanto na área privada quanto na pública. Elas se destacam por sua bravura e competência. Ninguém mais para esse avanço feminino.

Eleita pela Forbes como sendo uma das 40 mulheres mais poderosas do Brasil, Rachel Maia assim se manifestou: "O que você decide ser, seja de forma plena; quando sou mãe, sou de forma plena; quando sou a presidente, também sou assim".

Convicta de seu poder e disposição para vencer, ela chegou à Presidência da Lacoste, marca de vestimentas que revolucionou os códigos de vestuário masculino.

Vejo que elas ocupam importantes espaços e posições. Tudo por capacidade e competência.

Vejo nelas:

- A força de Débora

- A ousadia de Ester
- A paciência de Sara
- A obediência de Maria
- A fé de Raabe
- A sabedoria de Ana

Com todas essas qualidades que elas sabem buscar, com esforço e trabalho, acabam conseguindo realizar os seus objetivos, contribuindo para o bem-estar da sociedade.

Escrevo este texto em reconhecimento e imensa alegria, pois as mulheres foram sempre a maioria presente em minha vida: mãe, irmãs, esposa, filhas e netas.

Referindo-se às mulheres, Rafael Nolête escreveu:

Elas têm uma magia especial
Um encanto sem igual
Um abraço que acalenta
Um amor profundo,
Uma sensibilidade que encanta o mundo
Mulheres: elas são pura inspiração!

Embora sendo homem, não tenho nenhum receio que esse poder feminino se multiplique, e elas, como maioria, contribuam para que neste mundo conturbado impere a paz em todos os lugares.

Merece destaque o privilégio da mulher de ser mãe, este presente que Deus lhe concedeu, revelando todo o seu amor. Ser mãe não é apenas colocar uma criança no mundo. É muito mais do que isso, pois corresponde "a entender, perdoar, esquecer, sofrer, renascer, chorar e sorrir". Com tudo isso a mãe aprende um novo significado para o amor. Pergunte a uma delas se valeu a pena, e tenho certeza que a resposta será positiva. Com imenso orgulho ela verá seu descendente crescer e lhe trazer imensas alegrias.

Ouvi sobre o papel da mãe a bela frase proferida por Abraham Lincoln, ex-presidente norte-americano, quando afirmou que "a mão que embala o berço é a mão que rege o mundo".

Os 10 Mandamentos

Quando estive em Israel, visitando várias regiões daquele país, alguém me apontou para o Monte Sinai. Foi exatamente ali que Deus, há milhares de anos, deixou o Decálogo, que foi escrito em duas tábuas de pedra.

A palavra *mandamento* tem sua origem no verbo *mandar*, que na realidade significa ordem ou regra, que deveria ser cumprida pelo povo, por refletir o caráter de Deus. Os 10 Mandamentos estão na Bíblia, no livro de Êxodo, capítulo 20, e são parte vital do evangelho. Foram dados para que o povo tivesse uma vida mais feliz e próspera.

1. Não terás outros deuses além de mim.
2. Não farás para ti nenhum ídolo, nenhuma imagem de qualquer coisa no céu, na terra, ou nas águas debaixo da terra. Não te prostrarás diante deles nem lhes prestarás culto, porque eu, o Senhor, o teu Deus, sou Deus zeloso, que castigo os filhos pelos pecados de seus pais até a terceira e quarta geração daqueles que me desprezam, mas trato com bondade até mil gerações aos que me amam e obedecem aos meus mandamentos.
3. Não tomarás em vão o nome do Senhor, o teu Deus, pois o Senhor não deixará impune quem tomar o seu nome em vão.
4. Lembra-te do dia de sábado, para santificá-lo. Trabalharás seis dias e neles farás todos os teus trabalhos, mas o sétimo dia é o sábado dedicado ao Senhor, o teu Deus. Nesse dia não farás trabalho algum, nem tu, nem teus filhos ou filhas, nem teus servos ou servas, nem teus animais, nem os estrangeiros que morarem em tuas cidades. Pois em seis dias o Senhor fez os céus e a terra,

o mar e tudo o que neles existe, mas no sétimo dia descansou. Portanto, o Senhor abençoou o sétimo dia e o santificou.
5. Honra teu pai e tua mãe, a fim de que tenhas vida longa na terra que o Senhor, o teu Deus, te dá.
6. Não matarás.
7. Não adulterarás.
8. Não furtarás.
9. Não darás falso testemunho contra o teu próximo.
10. Não cobiçarás a casa do teu próximo. Não cobiçarás a mulher do teu próximo, nem seus servos ou servas, nem seu boi ou jumento, nem coisa alguma que lhe pertença.

Vemos que os quatro primeiros mandamentos tratam do amor a Deus e os outros seis do amor ao próximo. Assim poderíamos resumi-los em dois mandamentos primordiais: amor a Deus e amor ao nosso próximo.

Lendo e relendo os 10 Mandamentos da Lei de Deus fico a pensar que, se a humanidade procurasse seguir seus ensinamentos, observando aquilo que devemos e não devemos fazer, o mundo em que habitamos seria bem melhor, pois nele reinaria a segurança, o amor e a paz.

Ao longo da história da humanidade, muitos criaram os seus 10 Mandamentos. Achei interessante aquela mãe que, na educação do seu filho, fez os 10 Mandamentos e os fixou na porta do quarto:

1. Arrumar as gavetas.
2. Guardar os tênis.
3. Pendurar a toalha.
4. Guardar os CDs.
5. Desligar o computador.
6. Guardar os materiais.
7. Apagar as luzes.
8. Fechar o armário.
9. Guardar as revistas.
10. Não comer na cama.

Obs.: E nunca se esqueça: mamãe te ama!

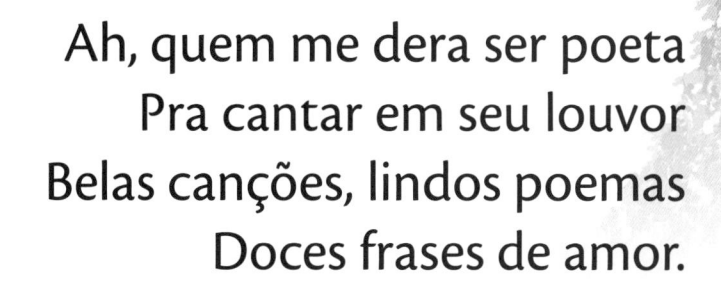

Ah, quem me dera ser poeta
Pra cantar em seu louvor
Belas canções, lindos poemas
Doces frases de amor.

TOM JOBIM
(1927-1994),
Pianista, cantor e maestro brasileiro, compôs Garota de Ipanema.

Olha que coisa mais linda
Mais cheia de graça
É ela menina
Que vem e que passa
Num doce balanço
A caminho do mar

Moça do corpo dourado
Do sol de Ipanema
O seu balançado é mais que um poema
É a coisa mais linda que eu já vi passar

Ah, por que estou tão sozinho?
Ah, por que tudo é tão triste?
Ah, a beleza que existe
A beleza que não é só minha
Que também passa sozinha

Ah, se ela soubesse
Que quando ela passa
O mundo sorrindo se enche de graça
E fica mais lindo
Por causa do amor

Tom Jobim

Os sete pecados capitais

Os sete pecados capitais são muito conhecidos e até mesmo praticados por alguns que não se preocupam com o seu bem ou o do seu próximo.

Propomo-nos aqui a relacioná-los, sem efetuar nenhum comentário, apenas destacando versículos das Escrituras onde encontramos a necessária advertência e o estímulo para deles nos afastarmos.

1. Soberba

A soberba pode ser definida como orgulho excessivo. É a tendência de se considerar melhor do que as outras pessoas. A soberba é o pecado da pessoa extremamente vaidosa, que pensa e age como se estivesse acima de tudo e de todos. O oposto da soberba é a humildade.

Para os católicos, a soberba é o principal pecado ou a raiz de todos os pecados, já que ela faz parte do pecado original, descrito no Gênesis.

Deus proibiu que Adão e Eva provassem do fruto da árvore do conhecimento do bem e do mal. Mas o demônio, em forma de serpente, tentou os dois, dizendo que, se provassem do fruto, seriam semelhantes a Deus, conhecedores do bem e do mal. Querendo se tornar independentes do Senhor, Adão e Eva cometeram o pecado da desobediência e da soberba.

Uma das passagens bíblicas que faz referência ao pecado da soberba é esta:

> *O Senhor detesta os orgulhosos de coração. Sem dúvida serão punidos.*
> Provérbios 16:5

2. Avareza

A avareza, também chamada de ganância, é o apego excessivo aos bens materiais e ao dinheiro. A pessoa avarenta é mesquinha, isto é, não gosta de compartilhar o que tem e faz de tudo para ter sempre mais. A avareza é o oposto da generosidade.

Há muitas passagens na Bíblia que fazem alusão à avareza. Uma delas está na Primeira Epístola a Timóteo, redigida pelo Apóstolo Paulo:

> *Os que querem ficar ricos caem em tentação, em armadilhas e em muitos desejos descontrolados e nocivos, que levam os homens a mergulharem na ruína e na destruição, pois o amor ao dinheiro é a raiz de todos os males. Algumas pessoas, por cobiçarem o dinheiro, desviaram-se da fé e se atormentaram com muitos sofrimentos.*
> 1 Timóteo 6:9-10

3. Inveja

A inveja é a tristeza pelo bem de outra pessoa. O invejoso é aquele que se sente mal pelas conquistas alheias, e é incapaz de ficar feliz pelos outros, como se a vitória da outra pessoa representasse uma perda pessoal. O oposto da inveja é a caridade, o desapego e o altruísmo.

Há muitas passagens bíblicas sobre a inveja. Uma das mais importantes é aquela que narra o primeiro homicídio (Gênesis 4). No Antigo Testamento, lemos que Caim matou o próprio irmão porque Deus havia apreciado mais os sacrifícios feitos por Abel. Portanto, de acordo com a Bíblia, o vício por trás do primeiro homicídio é a inveja.

Em 1 Pedro 2:1, há uma advertência sobre a inveja:

Livrem-se, pois, de toda maldade e de todo engano, hipocrisia, inveja e toda espécie de maledicência.

Outra menção a esse pecado pode ser encontrada em Gálatas 5:26:

Não sejamos presunçosos, provocando uns aos outros e tendo inveja uns dos outros.

4. Ira

Ira, raiva ou fúria é uma manifestação intensa de indignação que pode levar a agressões verbais ou físicas. O oposto da ira é a paciência.

Há muitas passagens bíblicas que abordam o vício da pessoa irritadiça, furiosa ou violenta. É o que se vê, por exemplo, neste versículo do Livro de Provérbios:

*O homem irritável provoca dissensão,
mas quem é paciente acalma a discussão.*
    Provérbios 15:18

Em Salmos 37:8, há conselhos importantes para as pessoas raivosas:

Evite a ira e rejeite a fúria; não se irrite: isso só leva ao mal.

5. Luxúria

A luxúria, lascívia ou libertinagem é o pecado associado aos desejos sexuais. Para os católicos, esse pecado tem a ver com o abuso do sexo ou a busca excessiva do prazer sexual. O oposto da luxúria é a pureza.

Das passagens bíblicas que tratam desse pecado, uma das mais incisivas é a que está em Gálatas 5:19:

Ora, as obras da carne são manifestas: imoralidade sexual, impureza e libertinagem;

Em Colossenses 3:5-6, há outra referência:

Assim, façam morrer tudo o que pertence à natureza terrena de vocês: imoralidade sexual, impureza, paixão, desejos maus e a ganância, que é idolatria. É por causa dessas coisas que vem a ira de Deus sobre os que vivem na desobediência,

6. Gula

A gula é o pecado associado ao desejo de comer e beber de maneira exagerada, para além das necessidades. Esse pecado tem a ver com a perda de controle em relação ao próprio corpo. O oposto da gula é a moderação.

Na verdade, quase todos os pecados estão relacionados à falta de moderação. No caso da gula, trata-se do consumo em excesso de comida e bebida, ao qual se atribuem males físicos e espirituais, já que pode levar a outros pecados, como a preguiça. A gula é uma manifestação da busca da felicidade em coisas materiais.

Em Provérbios 23:20-21, há um conselho aos que querem se manter distantes da tentação da gula:

Não ande com os que se encharcam de vinho, nem com os que se empanturram de carne. Pois os bêbados e os glutões se empobrecerão, e a sonolência os vestirá de trapos.

7. Preguiça

A preguiça é a falta de vontade ou de interesse em atividades que exijam algum esforço, seja físico ou intelectual. Ela pode ser definida como a falta de ação, a ausência de ânimo para o trabalho e outras tarefas do dia a dia. O oposto da preguiça é o esforço, a força de vontade, a ação.

Para os adeptos do catolicismo, o pecado da preguiça tem a ver com a recusa voluntária ao dever do trabalho (da busca do pão de cada dia), mas também se relaciona com a falta de ânimo nas práticas de devoção e na busca da virtude.

Dentre as passagens bíblicas que falam sobre esse pecado, destacam-se as seguintes:

O preguiçoso deseja e nada tem, mas o desejo dos que se esforçam será atendido.
Provérbios 13:4

Observe a formiga, preguiçoso, reflita nos caminhos dela e seja sábio!
Provérbios 6:6

O preguiçoso morre de tanto desejar e de nunca pôr as mãos no trabalho.
Provérbios 21:25

Os sete pecados capitais responsáveis pelas injustiças sociais são: riqueza sem trabalho; prazeres sem escrúpulos; conhecimento sem sabedoria; comércio sem moral; política sem idealismo; religião sem sacrifício e ciência sem humanismo.
Mahatma Gandhi

A covardia coloca a questão: É seguro?
O comodismo coloca a questão: É popular?
A etiqueta coloca a questão: É elegante?
Mas a consciência coloca a questão: É correto?
E chega uma altura em que temos de tomar uma posição que não é segura, não é elegante, não é popular, mas o temos de fazer porque a nossa consciência nos diz que é essa a atitude correta.

Martin Luther King

O pecado da vaidade

É muito fácil identificar uma pessoa vaidosa, pois é aquela que se considera superior a todos os outros. Possui um conceito exagerado de suas qualidades, é soberbo, arrogante, se acha grandioso. Embora saiba que meus leitores não se preocupam em atrair a atenção para si, assim mesmo achei oportuno redigir este texto, na certeza de que todos passam por situações nas quais, quando necessário, podem ajudar os vaidosos a se livrarem desse defeito.

A vaidade é perigosa, é como uma fera que deve ser controlada.

Em uma de suas aulas de um curso de liderança, o professor Luciano Salamacha orientou seus ouvintes sobre algumas atitudes que nos auxiliam a não cair na fogueira da vaidade:

1. Todo profissional deve periodicamente revisar as atividades que desenvolve, pois algumas vezes alimentamos por vaidade certa rotina de trabalho que passou a ser desnecessária.
2. A vaidade acontece o tempo todo em nossas vidas, por isso tenha sempre pessoas de sua confiança que possam apontar se deve manter afazeres por necessidade ou por pura vaidade. Pessoas que possam, inclusive, apontar se você está certo sobre certas habilidades que você considera ter.
3. Não seja refém de pessoas que por maldade vão usar essa característica para provar que você deve ser menos pretensioso, sem ganância, sem ambição, porque na verdade querem te frear na competição.

4. Perceba o que está cultuando na empresa. Estamos num momento em que certos valores estão sendo revistos. Às vezes, valorizamos coisas que não têm a menor finalidade prática.
5. Perceba o quanto sua vaidade é nociva ou não. Há pessoas autocríticas que se condenam demais, destroem a própria autoestima, saem de um extremo a outro. Gerencie melhor suas emoções e seu julgamento sobre você.
6. Troque a vaidade por validade. Na vaidade somos ocos, na validade temos força e poder. Estamos plenos.
7. Use a vaidade para avaliar melhor a si mesmo e aos outros e tenha cuidado ao alertar um vaidoso. Talvez ele saiba, mas prefere mostrar que continua na ignorância ou, talvez, acredite que seja esse o caminho.

Para esse mestre, a vaidade é como uma droga. "Ilude temporariamente, fazendo crer que você seja o que não é, que tem um poder que não existe, e, nessa ilusão, o vaidoso coloca os pés pelas mãos."

A doutora Dalva Getrim, especialista nessa matéria, nos alerta que a vaidade traz sintomas psicológicos, e, ainda, em excesso, pode trazer muitas doenças físicas, psíquicas e afetivas. Ela conclui que todo ser humano deve ser vaidoso, dentro de uma proposta equilibrada, para conservar a autoestima.

"Vaidade de vaidades" – diz o Pregador – "vaidade de vaidades, tudo é vaidade!"
"Que proveito tem o homem de todo o seu trabalho com que se afadiga debaixo do sol?"
(Ecl. 2 e 3)

Eclesiastes é um dos livros poéticos, onde o sábio Salomão apresenta uma série de perguntas em busca do propósito da vida.

No dicionário, podemos encontrar mais de 130 sinônimos correlacionados à vaidade, entre eles o orgulho.

Em tudo que fizermos na vida com modéstia, percebemos o bem que ela nos faz. Jogue a vaidade fora!

Aconselhava-nos Albert Einstein que "o valor do homem é determinado em primeira linha pelo grau e pelo sentido em que se libertar de seu ego".

Ultrapassa-te a ti mesmo a cada dia, a cada instante. Não por vaidade, mas para corresponderes à obrigação sagrada de contribuir sempre mais e sempre melhor, para a construção do Mundo. Mais importante que escutar as palavras é adivinhar as angústias, sondar o mistério, escutar o silêncio. Feliz de quem entende que é preciso mudar muito para ser sempre o mesmo.

Dom Hélder Câmara

Me ajuda, Senhor, a mudar o meu ser,
não quero mais pensar em vaidade;
me ajuda, Senhor, a mudar meu querer,
não quero só pensar nas minhas vontades

Muitas vezes caí
e demorei para aprender
que as coisas do mundo são todas passageiras;
eu dependo de Ti,
sem Ti não posso viver,
somente Tua promessa é verdadeira.

Me ajuda, Senhor, sem Ti nada sou,
já cansei de tantas vezes fracassar.
Me ajuda, Senhor, eu preciso de amor,
no Seu ombro hoje eu quero me acostar.

Mara Chan

A receita da felicidade

Todo ser humano tem a sua própria receita para buscar a felicidade. Para Aristóteles, "a felicidade é o fim que a natureza humana visa. E, a felicidade é uma atividade, pois não está acessível àqueles que passam sua vida adormecidos. Ela não é uma disposição. À felicidade nada falta, ela é completamente autossuficiente. É uma atividade que não visa a mais nada a não ser a si mesma. O homem feliz basta a si mesmo."

A vida é um canteiro de oportunidades, e nele nós temos que plantar coisas boas, que nos possibilitem colher os frutos da felicidade.

Certa ocasião, o bilionário nigeriano Femi Otedola deu uma entrevista por telefone a uma rádio, e foi questionado pelo apresentador:

— Senhor, o que você se lembra que o tornou o homem mais feliz da vida?

A resposta de Femi foi digna de aqui ficar registrada:

— Passei por quatro estágios de felicidade na vida e finalmente entendi o significado da verdadeira felicidade. A primeira etapa foi acumular riquezas e meios. Mas nesta fase não consegui a felicidade que queria.
Em seguida, veio a segunda etapa, de coleta de objetos de valor. Mas percebi que o efeito dessa coisa também é temporário e o brilho das coisas valiosas não dura muito.

Então veio a terceira fase, de obtenção de grandes projetos. Foi quando eu tinha 95% do fornecimento de diesel na Nigéria e na África. Também fui o maior proprietário de navios da África e da Ásia. Mas mesmo aqui não obtive a felicidade que tinha imaginado.
A quarta etapa foi quando um amigo meu me pediu para comprar cadeiras de rodas para algumas crianças com deficiência. Quase 200 crianças.
A pedido do amigo, comprei imediatamente as cadeiras de rodas. Mas o amigo insistiu que eu fosse com ele e entregasse as cadeiras de rodas às crianças. Eu me preparei e fui com ele.
Lá eu dei essas cadeiras de rodas para essas crianças com minhas próprias mãos. Eu vi o estranho brilho de felicidade nos rostos dessas crianças. Eu os vi todos sentados nas cadeiras de rodas, movendo-se e se divertindo.
Era como se eles tivessem chegado a um local de piquenique onde compartilhavam um prêmio acumulado.
Eu senti uma alegria REAL dentro de mim. Quando decidi ir embora, uma das crianças agarrou minhas pernas. Tentei libertar minhas pernas suavemente, mas a criança olhou para meu rosto e segurou minhas pernas com força.
Abaixei-me e perguntei à criança: Precisa de mais alguma coisa?
A resposta que essa criança me deu não só me deixou feliz, mas também mudou completamente minha atitude em relação à vida.
Esta criança disse:
– Quero me lembrar do seu rosto para que, quando me encontrar com você no céu, eu possa reconhecê-lo e agradecer-lhe mais uma vez.
"Esse foi o momento mais feliz da minha vida."

Para ser feliz, dizia Robert Shinyashiki, "você não precisa de grandes conquistas materiais. Você já tem o pôr do sol, as estrelas, os pássaros, o sorriso dos seus amigos, seus irmãos. Agradeça a Deus, pois você tem sua vida. Tem o dia que está começando, tem sua força e determinação. Com todos esses presentes da vida, o resto você constrói!"

O escritor francês Alexandre Dumas, como o nigeriano Femi, sabia onde morava a felicidade ao recomendar: "O mais feliz dos felizes é aquele que faz os outros felizes".

Vejo que muitos levam a vida inteira lutando por algo que possa fazê-lo feliz. A receita é simples e está ao alcance de todos. Basta juntar esse ingrediente, chamado bondade, que no final estaremos saboreando o delicioso bolo da felicidade.

Ser feliz sem motivo é a mais autêntica forma de felicidade.
Carlos Drummond de Andrade

Não permitamos que as brumas espessas do pessimismo encubram os raios do sol da esperança que nos aquecem e nos animam diariamente a viver na expectativa de dias melhores.

Sejamos otimistas e elevemos o nosso astral, desfazendo-nos das ideias e dos pensamentos que em nada contribuem para a nossa autoestima e realização.

O prazer de viver está na força que carregamos em nossa mente, embora todas as turbulências que insistam em interromper nossos sonhos e nossa felicidade.

Essa felicidade é sempre possível, e ela está dentro de nós. Cada dia que vivemos é uma nova chance de luz em nosso caminho, trazendo-nos respostas positivas aos nossos anseios e preocupações.

A harmonia, a paz e a felicidade serão consequências naturais. Os nossos sonhos serão, sim, uma realidade, se contribuirmos conosco mesmos, com a nosso esforço, nosso trabalho e nossa fé.

Atraquemo-nos às incríveis forças do pensamento positivo. Coloquemo-nos sob a infalível proteção do Criador, e tudo se resolverá. Ele sabe dos nossos bons propósitos e jamais nos abandonará.

Cláudio Rodrigues

Ser feliz não é ter uma
vida perfeita, mas deixar de ser
vítima dos problemas e se tornar
autor da própria história.

ABRAHAM LINCOLN
(1809-1865),
*político norte-americano,
sendo o 16º presidente dos Estados Unidos.*

Quando sua vontade se rende, o que você está dizendo é: "Embora as coisas não sejam exatamente como eu gostaria, aceito minha realidade. Olharei para ela diretamente nos olhos e permitirei que esteja aqui." A rendição e a serenidade são sinônimos; não é possível que uma exista sem a outra. Por isso, se você quer ter serenidade, pode conseguir facilmente. Apenas terá que renunciar ao seu cargo de Diretor-Geral do Universo. Escolha confiar em que haverá um plano melhor para você e que, se você se render, ele se desdobrará na sua frente a tempo.

Debbie Ford

O valor da felicidade

É certo que a felicidade não tem preço, porém muitos pagariam qualquer valor para desfrutá-la o tempo todo.

A felicidade não é uma mercadoria, com preço fixado, que podemos comprar num supermercado. Só podemos comprar, com nossos recursos, aquilo que tem preço. A conclusão correta a que podemos chegar é que tudo aquilo que não tem preço, como a felicidade, tem que ser conquistado.

Nesses últimos anos, algumas pesquisas têm sido efetuadas, com estudos e livros publicados, dando espaço para o surgimento de uma nova área da ciência, focada na felicidade.

Um dos estudos realizados concluiu que 50% da nossa felicidade é herdada geneticamente. "Cada gene é composto por uma sequência específica de DNA, que contém um código para produzir uma proteína que desempenha uma função específica no corpo." Sendo assim, sobra 50% para preenchermos como bem quisermos. Alguns entendem que o dinheiro e o poder podem trazer felicidade, mas somente 10% da nossa felicidade é determinada por essas situações. Então, nos restam 40%, chamado de comportamento intencional, que está a nossa disposição, para criarmos momentos mais felizes. Ter dinheiro é bom, dá-nos segurança e tranquilidade em relação ao futuro, porém tudo indica que ele, sozinho, não preenche o percentual faltante. Mais e mais dinheiro não traz felicidade, pois ela não vem das coisas materiais.

Contam que numa sala de aula do Ensino Fundamental, a professora entregou papel e caneta para todos os alunos, e pediu que ali escrevessem o que pretendiam ser na vida. Ao recolher os papéis, para sua surpresa viu que uma criança havia escrito que pretendia ser feliz. A professora dirigiu-se à criança e disse que ela não havia entendido a pergunta. No entanto, recebeu da criança uma bela resposta: "A senhora que não compreende o que é a vida". Vejo que a mãe soube educar seu filho com amor e sabedoria.

A felicidade é o ideal mais cobiçado pelo ser humano. Acima de qualquer coisa, todos querem ser felizes. Esse é o principal objetivo do ser humano.

Não posso negar que ao longo de minha vida tive momentos de felicidade. Não consegui segurá-los por muito tempo, embora quisesse. Ela vem e ela vai. Ninguém tem o dom de mantê-la sempre junto a si. Percebi que alguns escritores falam de felicidades, no plural, concluindo que todo ser humano, na vida, tem momentos felizes.

Ao filósofo Tales de Mileto é atribuída a definição mais antiga de felicidade. Para esse grego, feliz é todo aquele que tinha o "corpo são e forte, boa sorte e alma bem formada". Seria mais tranquilo cuidarmos da nossa saúde e, sendo boa, agradecer ao Criador, pois sem ela ninguém pode ser feliz.

A vida vem me mostrando que a felicidade pode ser encontrada nas coisas mais simples. Como? Aproveite a vida, divirta-se, conviva com seus amigos, procure fazer coisas significativas. Tudo dentro da simplicidade, que é aí que residem os momentos que podem nos fazer mais felizes.

Felicidade é a certeza de que a nossa vida não está se passando inutilmente.
Érico Veríssimo

Não nos cansemos de fazer o bem

No decorrer da vida, muitas vezes nos deparamos com situações inesperadas. Sempre é bom quando vemos que certos gestos que praticamos acabam sendo recompensados. Repasso para meus leitores um acontecimento real, que comprova essa assertiva:

Um pobre fazendeiro escocês, enquanto tentava ganhar a vida para sua família, ouviu um grito de socorro vindo de um pântano próximo. Ele largou tudo e correu para o pântano, quando encontrou um menino submerso até a cintura no estrume negro e úmido, gritando e lutando para se libertar. O agricultor salvou o menino do que poderia ser uma morte lenta, terrível.
No dia seguinte, uma carruagem chegou à fazenda. Um nobre saiu e se apresentou como o pai do menino que o fazendeiro ajudou. "Eu quero recompensá-lo. Você salvou a vida do meu filho" – disse o nobre. "Não, não posso aceitar um pagamento pelo que fiz", respondeu o agricultor escocês.
Então, o filho do fazendeiro chegou à porta da cabana. "É seu filho?" perguntou o nobre. "Sim", o fazendeiro respondeu. "Proponho um acordo. Permita-me fornecer ao seu filho o mesmo nível de educação que o meu filho irá gozar. Se o menino se parece com o pai, não duvido que ele cresça para se tornar o homem de que nós dois nos orgulharemos".

O filho do fazendeiro cursou as melhores escolas e com o tempo formou-se pela Faculdade de Medicina do Hospital St. Mary, em Londres. Ele passou a ser conhecido em todo o mundo como o renomado Dr. Alexander Fleming, o descobridor da penicilina.
Anos depois, o filho do mesmo nobre que foi salvo do pântano adoeceu com pneumonia...O que salvou sua vida dessa vez? Penicilina! Qual era o nome do nobre? Sir Randolph Churchill. E o nome do filho dele? Sir Winston Churchill.

Essa é uma história fantástica e que merece a nossa reflexão. Fico a pensar que o humilde fazendeiro poderia ter tapado seus ouvidos e ter desprezado os gritos de socorro. Pena que esse tipo de atitude é realidade na vida de muitos!

Temos sempre que buscar o bem do nosso próximo. Atitudes malignas devem ser desprezadas.

Se o fazendeiro tivesse se omitido, a humanidade inteira teria sido prejudicada, sofrendo, até que um outro cientista descobrisse a penicilina.

Paulo de Tarso, em sua epístola dirigida à Igreja de Gálatas, nesta que provavelmente foi a primeira carta que o apóstolo redigiu aos cristãos, aconselhou:

"E não nos cansemos de fazer o bem, pois no tempo próprio colheremos, se não desanimarmos." (Gál. 6:9)

Não devemos medir esforços, embora tenhamos que entrar nos pântanos da vida para ajudar o nosso próximo diante de dificuldades.

Se eu puder aliviar o sofrimento de uma vida, ou se conseguir ajudar um passarinho que está fraco a encontrar o ninho... A vida terá valido a pena.
Emily Dickinson

O filme da minha vida

Muitos amigos insistem que eu deveria escrever um livro, com minha autobiografia, relatando alguns fatos de minha vida. Sempre resisti a esse desafio, porém vou deixar registrado nestas poucas páginas um pequeno resumo.

Quando eu tinha 7 anos, minha mãe, já divorciada de meu pai, e minhas três irmãs, a convite de meu tio, deixamos Cuiabá e, num voo da Cruzeiro, viemos morar no sul da capital paulista. Saía pelas ruas do bairro Capão Redondo vendendo pastéis caseiros, que eram produzidos pela minha avó. Precisava ajudar na renda familiar, e era bem-sucedido nessa empreitada. No final, ao retornar para casa, comia todos aqueles que restavam.

Embora ainda criança, nos meus 12 anos, tinha a disposição de auxiliar no aumento da renda familiar. Saía batendo nas casas e oferecendo cebola, ou mesmo maços de agrião que colhia num riacho próximo, e ainda tinha minha caixa de engraxate. Sempre ouvi falar que o "único lugar onde o sucesso vem antes do trabalho é no dicionário". Hoje posso ver que se alguma conquista alcancei na vida, foi como consequência de muito esforço, desde cedo, despendido com amor e muita dedicação.

Morava conosco uma tia, muito rigorosa, que não permitia nenhum deslize infantil. Certo dia cometi um erro e percebi que ela estava disposta a me punir. Antes disso corri para um banheiro que ficava na parte externa da casa e, amedrontado, sem jantar, ali acabei adormecendo. Pela manhã, ainda cedo, levantei e entrei. Porém, de nada adiantou todo o meu sacrifício, pois acabei apanhando igual.

Aos 13 anos mudamos para Curitiba, e fui direto para um colégio interno, como industriário, com a obrigação de trabalhar para ajudar a pagar os estudos. Embora tivesse que pegar na enxada, a experiência foi muito boa. Tenho saudade daquele tempo. Às vezes, junto com alguns colegas, íamos até a mata, munidos de estilingue, para caçar alguns passarinhos e, ali mesmo, preparávamos nossa refeição. Num belo dia, uma cobra picou o calcanhar de alguém do grupo e, com isso, temendo o perigo, abandonamos essa aventura.

Nesse mesmo colégio interno, depois de um tempo, fui designado para cuidar da mercearia. No final da tarde, após fechar, eu sempre saía com uma lata de leite condensado. Em um local tranquilo, adocicava a vida.

Escapei da morte, em grandes acidentes, graças à proteção divina. Lembro-me de um deles. Saí dirigindo um *jeep*, cuja cobertura era um toldo, quando no percurso noturno para a cidade de Taquara, faltou luz no carro. Fui freando sem nada enxergar, até que saí da estrada, capotei algumas vezes e, quando parei, vi que estava dentro de um buraco, com o carro em cima de mim. Que maravilha, pensei, pois poderia ter sido bem pior! E, para surpresa minha, fora da estrada e com suas rodas para cima, o *jeep* estava com as luzes acesas.

Mais de duas décadas passaram. Era estudante e todo meu patrimônio era uma pequena moto. Tive que vendê-la. O comprador, um colega da Faculdade de Direito, empatado comigo na situação financeira, decidiu comprá-la, em 10 prestações iguais, sem juros. Fechado o negócio, dias depois ele resolveu viajar para uma cidade a 100 quilômetros de Curitiba. Na estrada, foi abalroado por um carro da Polícia Militar, a moto foi destruída e ele entrou em estado de coma. Coloquei as 10 notas promissórias no bolso e fui ao hospital visitá-lo. Não obtive nenhuma palavra sobre meu crédito naquele momento, mas felizmente ele se recuperou e quitou tudo que me devia.

Em 1957 ingressei como *office boy* em uma empresa de engenharia, dedicada a construir estradas de rodagem e ali trabalhei durante 23 anos. Com carteira assinada e pela legislação previdenciária da época, pude requerer, 25 anos depois, a minha aposentadoria.

Casei-me com uma das filhas do fundador da empresa. Tivemos três filhos e seis maravilhosos netos.

Sempre fui um preguiçoso para me sentar na cadeira de um dentista. Um dia fui para colocar um pivô na arcada dentária inferior. Sentei-me na cadeira, e no vai e vem da colocação, em determinado momento, diante da pressão que o pivô oferecia, este voou pela minha garganta. Como o pivô sumiu, o dentista logo disse que nada cobraria. Perguntei, então, o que poderia acontecer se o pivô fosse para o meu pulmão, e percebi que o dentista ficou preocupado, mas nada disse. Deixei seu consultório apavorado, e só me restava "garimpar" para ver se achava a "pepita" que me traria a tranquilidade necessária. E, no terceiro dia, ela apareceu. Que achado espetacular! Devidamente limpa e desinfetada, até hoje essa "pepita" está na minha arcada dentária inferior...

Desliguei-me da empresa de meu sogro em 1980 e dediquei-me a exercer a advocacia, contribuindo nessa difícil tarefa da distribuição da justiça. Prestes a completar 60 anos de conclusão de curso, orgulho-me de ter recebido o título de jubilado pela OAB/RS. Como tributarista, especializei-me em defender o direito de municípios. Somente agora despertou-me a curiosidade de saber em quantos municípios atuo ou atuei processualmente. Confesso que fiquei surpreso ao ver os números: mais de 500. Nos dias atuais a concorrência é muito grande, mas há espaço para todos vencerem, pois quem quer "faz a hora, não espera acontecer".

Neste mundo, onde impera tanta violência, tive a sorte de não sofrer nenhum assalto violento, embora com meus cabelos brancos e já desfrutando as maravilhas da terceira idade. Lembrei-me apenas de dois pequenos incidentes, com envolvimento pessoal:

1. Encontrava-me numa movimentada rua da capital gaúcha, de pé e conversando com um amigo. De repente, alguém, por trás, enfiou a mão no meu bolso direito, levando as notas que ali estavam. Não reagi, pois pensei que era brincadeira de algum amigo.

2. Passados alguns meses, caminhava com meus dois filhos mais velhos em direção a um restaurante, quando a mesma cena se repetiu. De imediato reagi, tentando segurar a mão do espertinho. Acabei rasgando a calça, e as notas que estavam em meu bolso caíram no chão. Dessa vez, nada foi levado.

Claro que essa trajetória não serve de exemplo para nenhum dos meus queridos leitores. Todavia, percebo que ela pode servir de estímulo para muitos. A vida requer esforço, dedicação e esperança. Como é bom chegar aos 83 anos, olhar para trás e estufar o peito, afirmando que venci.

Resumindo, vivi 7 anos em Cuiabá, 6 em São Paulo, 14 em Curitiba e já estou há 56 anos em Porto Alegre, cidade que me acolheu e na qual me realizei.

Sempre apreciei praticar esportes, como goleiro, ou no voleibol (por 5 anos integrei a seleção do Estado do Paraná) e, nos últimos 50 anos, joguei tênis. Em todas as modalidades de esporte ganhei algumas vezes e, em outras, perdi. No esporte temos verdadeiras aulas de educação para a vida. É preciso saber perder. Lembro bem que em um domingo levantei cedo, vesti a camiseta para jogar tênis, tomei meu café da manhã, li o jornal e fui a pé para a quadra de tênis, no clube, situado a poucos metros de minha casa. Escalado, entrei em quadra, quando alguém gritou: "Quadra de tênis não é cama de dormir!" Um dos amigos me alertou: "Você está de pijama!" A calça era escura e curta. Distraído, não coloquei um calção. Queriam que jogasse assim mesmo, porém não podia, pois o pijama tinha uma abertura na frente. Dei meu lugar para outro tenista e fui, envergonhado, para casa trocar a vestimenta. Ainda hoje muitos no clube se lembram desse momento!

Foi-me dada a oportunidade de prestar vários vestibulares, até definir o caminho que deveria trilhar. Na Universidade Federal do Paraná conclui os cursos de Jornalismo e Direito.

Sempre gostei de viajar, às vezes a serviço e outras por turismo. Conheço várias partes do mundo. Estive a convite do governo japonês em Tóquio durante 6 meses, participando de um curso sobre recursos humanos.

Sempre apreciei a literatura e, para completar, acabei arrumando tempo para escrever, tanto que já estou publicando o oitavo livro, com um total de mais de 50 mil exemplares circulando pelo país.

Neste instante em que escrevo estas linhas, buscando alguns fatos e retratos de minha longa trajetória, percebo que nossa vida é uma peça de teatro. Cada um exerce o seu papel de ator. Todos nós vamos levando nossas vidas, alcançando nossos objetivos, sem poder efetuar nenhum ensaio prévio. Aí está a beleza da vida!

Assim, "não viva para que a sua presença seja notada, mas viva para que a sua falta seja sentida". (Bob Marley)

Procure ser um ator vencedor. Quando deixar o palco da vida, que a sua falta seja muito sentida.

Afirmo, ainda, que, se me fosse dada uma oportunidade, gostaria de viver essa trajetória novamente.

O tempo passou e eu mudei. Mudei porque amadureci, porque passei por tantas diversões e experiências, que consegui aprender com meus próprios erros.
Tumbir

Os ganhos ou os danos dependem da perspectiva e das possibilidades de quem vai tecendo a sua história. O mundo em si não tem sentido sem o nosso olhar que lhe atribui identidade, sem o nosso pensamento que lhe confere alguma ordem.

Viver, como talvez morrer, é recriar-se: a vida não está aí apenas para ser suportada nem vivida, mas elaborada. Eventualmente reprogramada. Conscientemente executada. Muitas vezes, ousada.

Lya Luft

Eu tenho um sonho

Eu gosto, como muitos, de sonhar durante a noite, vivendo esse conjunto de imagens que se apresentam durante o sono. Para Sigmund Freud, considerado o Pai da Psicanálise, os sonhos noturnos são gerados na busca pela realização de um desejo reprimido.

O mapa dos sonhos foi um resumo que alguém elaborou, na tentativa de auxiliar os sonhadores:

1. Antes de mais nada, você deve refletir com atenção e cuidado sobre o que você deseja para a sua vida.
2. Depois liste todos os sonhos que deseja realizar nos próximos meses.
3. Separe os seus sonhos de acordo com os aspectos da sua vida que deseja abordar.

Martin Luther King, pastor batista e um dos maiores expoentes contra a discriminação racial, num de seus pronunciamentos, deixou-nos um legado que entrou na história. Perdeu a vida aos 39 anos, assassinado na cidade de Memphis – EUA.

Assim sonhava:

Eu digo a vocês hoje, meus amigos, que, embora nós enfrentemos as dificuldades de hoje e amanhã, eu ainda tenho um sonho. É um sonho profundamente enraizado no sonho americano.
Eu tenho um sonho que um dia esta nação se levantará e viverá o verdadeiro significado de sua crença – nós celebraremos estas

verdades e elas serão claras para todos, que os homens são criados iguais.
Eu tenho um sonho que um dia nas colinas vermelhas da Geórgia os filhos dos descendentes de escravos e os filhos dos descendentes dos donos de escravos poderão se sentar junto à mesa da fraternidade.
Eu tenho um sonho que um dia, até mesmo no estado de Mississippi, um estado que transpira com o calor da injustiça, que transpira com o calor de opressão, será transformado em um oásis de liberdade e justiça.
Eu tenho um sonho que minhas quatro pequenas crianças vão um dia viver em uma nação onde elas não serão julgadas pela cor da pele, mas pelo conteúdo de seu caráter. Eu tenho um sonho hoje!
Eu tenho um sonho que um dia, no Alabama, com seus racistas malignos, com seu governador que tem os lábios gotejando palavras de intervenção e negação; nesse justo dia no Alabama meninos negros e meninas negras poderão unir as mãos com meninos brancos e meninas brancas como irmãs e irmãos. Eu tenho um sonho hoje!
Eu tenho um sonho que um dia todo vale será exaltado, e todas as colinas e montanhas virão abaixo, os lugares ásperos serão aplainados e os lugares tortuosos serão endireitados, e a glória do Senhor será revelada e toda a carne estará junta.

Muitos vivem sonhando acordados, pela realização de alguns objetivos que desejam alcançar. Até digo que isso é bom: sonhar e buscar a sua realização. É preciso muita luta e muito trabalho para conquistar todas as coisas com as quais sonhamos.

Aprecio aquela recomendação que nos ensina que não devemos nos esquecer de sermos felizes com a vida que temos.

Tudo o que um sonho precisa para ser realizado é alguém que acredite que ele possa ser realizado.
Roberto Shinyashiki

Vaca não dá leite

A afirmação "vaca não dá leite" causa estranheza, pelo simples fato de todos terem a certeza de que esse mamífero dá o indispensável leite. Uma vaca chega a pesar 700 quilos e vive cerca de 15 anos. Cada vaca leiteira, ao longo de sua vida, produz em torno de 200 mil copos de leite.

A expressão "vaca não dá leite" foi criada pelo filósofo Mario Sérgio Cortella, quando ele dizia para seus três filhos meninos que quando completassem 12 anos de idade, lhes contaria o segredo da vida. Assim procedeu, revelando a cada um no dia do aniversário que o segredo da vida é que vaca não dá leite, você precisa tirá-lo. Se não tirar, não tem leite! Tudo na vida exige esforço, dedicação e habilidades.

Tive a oportunidade de visitar uma fazenda e por um bom tempo assistir à ordenha. O capataz fez todos os preparativos necessários para tirar o leite da vaca. Percebi que ele amarrou a corda em torno de sua pata, limpou as tetas com água e sabão e passou uma pomada para lubrificar, reduzindo a fricção. Posicionou, então, o balde e, sentado em um banquinho, do lado direito da vaca, iniciou a retirada do leite. Depois de todo esse trabalho, passei a compreender melhor que a vaca não dá leite, você precisa tirá-lo. Não basta apenas colocar o copo embaixo das tetas e esperar pelo leite...

Sou levado a pensar que no decorrer da vida nos deparamos com situações semelhantes, em que temos que esperar e agir para que as coisas se realizem, pois, além da chuva, nada mais cai do céu. Cedo temos que tirar o leite da vaca, o que exige trabalho, assim também vamos tirar proveito de tudo de bom que a vida nos proporciona.

Quando temos algumas metas a alcançar na vida, o trabalho e a dedicação serão meios indispensáveis para conquistarmos aquilo que desejamos.

Para o filósofo Alain de Botton, autor do livro *Os Prazeres e Desprazer do Trabalho*, fica claro que o trabalho ao lado do amor pode ser a nossa principal fonte de sentido na vida.

Assim como "a vaca não dá leite" e você precisa tirá-lo, assim também na vida nos deparamos com situações semelhantes, em que precisamos despender esforços para conquistarmos tudo aquilo que almejamos. Não basta apenas nos sentarmos no banquinho e esperarmos que a vaca dê leite. Precisamos aproveitar todas as oportunidades que a vida nos oferece e delas tirar proveito, para o nosso bem e de todos aqueles que nos cercam.

Acredito que todos estão convencidos com as palavras de Cortella, que disse que "vaca não dá leite". Você precisa tirá-lo...

Para o trabalho de que gostamos, levantamo-nos cedo e fazemo-lo com alegria.
William Shakespeare

Amanhã é um novo dia

Soube que vergonha, raiva e dor são os sentimentos manifestados por jovens russos contra a invasão e o massacre de seu país à Ucrânia.

Tenho ouvido e lido a respeito dessa invasão e não consigo encontrar uma lógica em tudo que está acontecendo.

A Ucrânia é um grande país do leste europeu, muito conhecido por suas igrejas ortodoxas, pela Costa do Mar Negro e pelas montanhas arborizadas.

No Paraná residia Helena Kolody, descendente de ucraniano, falecida em 2001, com 91 anos. Ela deixou alguns ternos poemas sobre o cotidiano da paz. Em um deles, intitulado "Lição", tive o privilégio de ler:

> *A luz da lamparina dançava frente ao ícone da Santíssima Trindade. Paciente, a avó ensinava a prostrar-se em reverência, persignar-se com três dedos e rezar em língua eslava. De mãos postas, a menina fielmente repetia palavras que ela ignorava, mas Deus entendia.*

Escreveu esse poema sem saber que, 18 anos depois, o país de seus ancestrais seria invadido e destruído, colocando milhares e milhares de ucranianos em fuga para países vizinhos. Bem sabemos que todo o equipamento bélico que está sendo destruído pode ser refeito, porém o mesmo não acontece com os milhares de soldados e civis que perderam a vida, em nome da estupidez, pela sede de poder.

Lá no distante Amazonas, nasceu e faleceu Thiago de Mello, escritor e poeta. Pelos seus poemas, passou a ser conhecido como o poeta da floresta. Nesta hora sombria, vendo toda a mídia cobrir essa recente guerra, lembramos de um pedaço de seu poema, que nos leva a refletir:

Faz escuro, mas eu canto, porque a manhã vai chegar. Vem ver comigo, companheiro, a cor do mundo mudar.
Vale a pena não dormir para esperar a cor do mundo mudar. Já é madrugada, vem o sol. Quero alegria, que é para esquecer o que eu sofria. Quem sofre fica acordado defendendo o coração. Vamos juntos, multidão, trabalhar pela alegria, amanhã é um novo dia.

Para mim, essa é uma bela descrição da situação atual da humanidade, que passa por dias escuros. Todos nós queremos e rezamos para que o amanhã chegue e a "cor do mundo" mude.

Esse poeta amazonense nos convida: "Vamos juntos, multidão, trabalhar pela alegria, amanhã é um novo dia."

Bom seria que russos e ucranianos juntassem as suas forças, nesta hora difícil, interrompessem a guerra e trabalhassem pela paz.

Volto, buscando ainda uma pequena declaração da descendente de ucranianos, quando afirmou:

Deus dá a todos uma estrela. Uns fazem da estrela um sol. Outros não conseguem vê-la.

É impossível prever como essa guerra vai terminar. Uma coisa, no entanto, é certa: muitas vidas serão destruídas. Bom seria que todos pudessem ver a estrela e dela fizessem um sol, para brilhar mais forte, iluminando a terra de alegria e paz. Caso contrário, assim como os jovens russos, apenas estaremos vendo vergonha, raiva e dor.

Nas grandes batalhas da vida, o primeiro passo para a vitória é o desejo de vencer.
Mahatma Gandhi

O sucesso não acontece por acaso. É trabalho duro, perseverança, aprendizado, estudo, sacrifício e, acima de tudo, amor pelo que você está fazendo ou aprendendo a fazer.

Pelé ou Edson Arantes do Nascimento (1940-2022),
jogador de futebol brasileiro, reconhecido mundialmente como o "Rei".

FILOSOFIA DO SUCESSO

Se você pensa que é um derrotado,
você será derrotado.
Se não pensar "quero a qualquer custo",
Não conseguirá nada.
Mesmo que você queira vencer,
mas pensa que não vai conseguir,
a vitória não sorrirá para você.

Se você fizer as coisas pela metade,
você será fracassado.
Nós descobrimos neste mundo
que o sucesso começa pela intenção da gente
e tudo se determina pelo nosso espírito.

Se você pensa que é um malogrado,
você se torna como tal.
Se almeja atingir uma posição mais elevada,
deve, antes de obter a vitória,
dotar-se da convicção de que
conseguirá infalivelmente.

A luta pela vida nem sempre é vantajosa
aos fortes nem aos espertos.
Mais cedo ou mais tarde, quem cativa a vitória
é aquele que crê plenamente.
Eu conseguirei!

Napoleon Hill

O sentimento de solidão

Confesso que detesto viver em isolamento físico. Sempre preferi frequentar lugares onde tivesse um bom número de pessoas, para com elas conversar e conviver. No entanto, vejo que alguns preferem desfrutar desse sentimento de solidão. Temos que respeitá-los. Cada um tem o direito de optar pelo seu *modus vivendi*. Para eles, nascemos sozinhos, atravessamos a vida como um ser em separado e, no final, morremos sozinhos.

Para o filósofo francês Jean-Paul Sartre, a solidão é parte fundamental da condição humana, pois procuramos encontrar um significado no isolamento. Sozinhos temos todo o tempo disponível para meditarmos sobre as coisas belas da vida.

É bem interessante o suposto diálogo ocorrido entre uma mulher e um homem que preferiu se isolar do mundo. Observe que em suas colocações existem muitas lições que nos levam a pensar, na procura indispensável de dominarmos as nossas atitudes.

Um dia eu estava meditando nas dunas da praia, longe das pessoas, quando uma mulher que estava passando perguntou:
– O que você está fazendo nessa solidão?
Ao que eu respondi:
– Tenho muito trabalho para fazer.
– E, como pode ter tanto trabalho? Não vejo nada por aqui...
– Tenho que treinar dois gaviões e duas águias, acalmar dois coelhos, disciplinar uma cobra, motivar um burro e domar um leão.
– E onde estão eles, que não os vejo?

– Eu os tenho dentro de mim.
Os gaviões atacam qualquer coisa que vier no meu caminho, boa ou ruim. Eu tenho que treiná-los para atacar as coisas boas. Eles são meus olhos.
As duas águias com suas garras machucam e destroem; eu tenho que ensiná-las a não machucar. São minhas mãos.
Os coelhos querem ir para onde querem, não enfrentar situações difíceis; tenho que ensiná-los a ter calma, mesmo que haja sofrimento ou tropeço. São meus pés.
O burro está sempre cansado, é teimoso, não quer carregar muitas vezes a sua carga. É meu corpo.
O mais difícil de domar é a cobra. Embora ela esteja trancada em uma gaiola forte, ela está sempre pronta para morder e envenenar qualquer um que esteja por perto; eu tenho que discipliná-la. É minha língua.
Eu também tenho um leão. Ah... que orgulho! Vaidoso, ele pensa que é o rei; eu tenho que domá-lo. É meu ego.
Como vê, tenho muito trabalho a fazer...
(Autor desconhecido)

Uma coisa é certa: o ser humano não foi criado para viver na solidão. A vida é muito bela para dela nos isolarmos. Temos que, da melhor maneira possível, desfrutá-la. Não sozinhos! Sempre juntos! Para Vinícius de Moraes, a maior solidão é a do ser que não ama. Ele bem completa o seu pensamento dizendo que a maior solidão é a dor do ser que se ausenta, que se defende, que se fecha, que se recusa a participar da vida humana.

Para os solitários, as horas do dia custam muito a passar. Porém, quando o amor toma conta da vida, elas correm aceleradamente. Vamos amar a vida! Vamos amar nossa família! Vamos amar nossos amigos! Vamos amar nosso trabalho! Amando, estaremos sempre afugentando a solidão.

Solidão: um lugar bom de visitar uma vez ou outra, mas ruim de adotar como morada.
Josh Billings

O poder do hábito

Todos nós somos levados a respeitar os hábitos de cada ser humano, com suas manias e seu modo de agir. Também tenho os meus hábitos, alguns bons e outros maus. Trata-se de um comportamento inconsciente, que nos leva a repetição frequente de certos atos. Até parece que são automáticos, tudo isso pelo simples fato de nosso cérebro buscar reduzir esforços, fazendo com que entremos na repetição. Para um estudioso, 40% das decisões que tomamos diariamente são fruto de nossos hábitos. Entendem, ainda, que na vida somos aquilo que fazemos repetidamente.

Para Aristóteles, "a vontade é uma disposição adquirida de fazer o bem, e ela se aperfeiçoa com o hábito, pois mesmo o homem virtuoso poderá buscar a entronização de outros valores".

Com alguma facilidade nós podemos identificar os bons e os maus hábitos. Encontrava-me na capital baiana, quando saímos em cinco pessoas para um jantar de trabalho, em um dos bons restaurantes que ali existem. Percebi que um dos amigos, com enorme frequência, levantava e saía da mesa, retornando minutos depois. Curioso, perguntei aos demais se era por incontinência urinária. Responderam-me que ele saía para fumar. Certamente um mau hábito, entregar-se ao tabagismo. Num de seus retornos tive vontade de sugerir que ele se esforçasse para largar esse mau hábito, diante dos reconhecidos malefícios que ele provoca para a saúde. Nada falei, mas decidi naquela mesa de jantar que escreveria umas linhas neste livro evidenciando o poder do hábito na vida humana.

Tenho uma colega de profissão que tem o salutar hábito de correr. Participa cinco dias da semana com um grupo feminino de corridas de oito quilômetros pelas ruas da capital gaúcha, nas primeiras horas da manhã, mesmo com intenso frio. São mulheres de diferentes idades, que buscam se manter em forma e desfrutar de boa saúde. Confesso que tenho muita inveja desse hábito. Já na terceira idade, embora sabendo dos seus benefícios, tenho preferido evitar as caminhadas, ainda que seja para percorrer uma distância bem menor do que a desse grupo feminino. O exercício físico é um bom hábito que tem o poder de melhorar nossa saúde e prolongar os nossos dias na terra.

Numa rápida pesquisa verifiquei que no mercado circulam inúmeros livros com o título *O Poder do Hábito*, inclusive um de autoria de Charles Duhigg, escritor americano, contendo 408 páginas. Após muitos estudos, Charles procura demonstrar em seu livro como as pessoas realizam ações diariamente sem ter nenhuma noção do que estão fazendo. Ele revela um entendimento da natureza das pessoas, baseadas em como nosso cérebro poupa energia por meio de ações repetidas ao longo do tempo.

Os estudiosos têm se esforçado para compreender esse mecanismo que nos leva ao comodismo da repetição.

Percebe-se, também, que a medicina moderna vem utilizando, com reconhecido êxito, determinadas técnicas terapêuticas para derrubar hábitos prejudiciais à nossa saúde, como esse praticado por um amigo e companheiro da mesa de jantar.

Todos nós, na medida do possível, estamos abertos para mudar e adquirir melhores hábitos. Stephen Covey, escritor de fama mundial e formador de líderes, publicou o livro *Os 7 Hábitos das Pessoas Altamente Eficazes*. Trata-se de um conjunto de fórmulas que objetiva estimular pessoas. Vale a pena refletir sobre cada uma delas:

- Hábito 1 – seja proativo
- Hábito 2 – tenha um objetivo em mente
- Hábito 3 – primeiro faça o mais importante

- Hábito 4 – mentalidade "Ganha-Ganha"
- Hábito 5 – procure primeiro compreender e depois ser compreendido
- Hábito 6 – crie sinergia
- Hábito 7 – promova a autorrenovação

Tenho dúvidas se meus queridos leitores têm disposição de proceder mudanças nas suas vidas para se tornarem "pessoas altamente eficazes". Seria bom, se não for possível atingirmos esse alto objetivo, efetuarmos mudanças de hábitos que possam nos tornar mais saudáveis e melhores. Convém sempre ter em mente que bons hábitos são mais fáceis de serem abandonados que os maus.

Nós somos aquilo que fazemos repetidamente.

A gente não se liberta de um hábito atirando-o pela janela; é preciso fazê-lo descer a escada, degrau por degrau.
Mark Twain

Quanto mais tempo eu vivo, mas eu me dou conta do impacto da atitude na vida. Atitude, para mim, é mais importante que fatos. Ela é mais importante do que o passado, do que a educação, do que o dinheiro, do que as circunstâncias, do que o fracasso, do que os outros pensam, dizem ou fazem. É mais importante do que a aparência, dom ou habilidade. Ela fará prosperar ou ruir uma empresa... uma igreja... uma casa. O extraordinário é que todos os dias temos a chance de escolher como vamos encarar aquele dia. Nós não podemos mudar nosso passado... não podemos mudar o fato de que as pessoas agirão de determinada maneira. Nós não podemos mudar o inevitável. A única coisa que podemos fazer é continuar no único caminho que temos; esta é nossa atitude. Estou convencido de que a vida é 10% o que acontece comigo e 90% como eu reajo a isso. E assim é com você... Estamos no comando das nossas atitudes.

Charles Swindoll

As belas surpresas do mundo

Estamos em cima de uma enorme esfera, chamada Terra, a uma distância de 150 milhões de quilômetros do sol. A Terra gira em torno do sol numa velocidade média linear de 30 km/s, sendo este o tempo necessário para completar a volta em 365 dias, 5 horas e 48 minutos. Assim, a cada 4 anos temos um ano de 366 dias, chamado como ano bissexto.

Tudo isso é maravilhoso e demonstra o grande poder do Criador. Muitos questionam por que não percebemos o movimento do planeta. Mas há uma maneira de ver o efeito da rotação: usando o pêndulo de Foucault. O ser humano não percebe, pelo simples fato de nossos sentidos não serem bons o suficiente para captarem esse movimento.

A Terra gira em torno do sol, foi a conclusão a que chegou o físico e astrônomo Galileu Galilei. Revolucionou o pensamento científico da sua época, contrariando os princípios religiosos de seu tempo, tanto é que foi julgado pelo Tribunal de Inquisição, cuja decisão determinava que ele negasse suas conclusões, afirmando que a Terra era o centro do Universo, ou seria levado à prisão domiciliar até a sua morte. Convicto de suas conclusões, optou pela segunda pena. O Papa João Paulo II, em nome da Igreja, pediu desculpas póstumas ao grande físico Galileu.

O que aconteceria se esse giro da terra parasse? Os físicos respondem que "tudo aquilo que se encontra na superfície terrestre seria arrancado violentamente, as cidades, os oceanos e até o ar da atmosfera". Assim, pessoas, árvores, carros e animais sairiam voando.

Seja no escuro, como a luz do vaga-lume, seja no claro, como a casa do joão-de-barro, o mundo natural está repleto de acontecimentos que nos enchem de surpresa e admiração. São coisas que ninguém ensina, mas que as plantas e os bichos sabem e fazem.

É neste mundo repleto de tantas belezas que você e eu vivemos. A previsão é que a população mundial tenha chegado a 8 bilhões de habitantes ainda no ano de 2022, crescendo de forma exagerada. A literatura demográfica mostra que a população mundial no ano um da era cristã era de cerca de 300 milhões. Em 1939, ano em que nasci, era de 2,3 bilhões. Ainda tem lugar para todos viverem, embora com enormes desigualdades. Somos convidados a admirar as belezas naturais deste enorme planeta, com 12.756 quilômetros de diâmetro, tamanho insignificante em relação ao universo.

Neste cenário, convém destacar as sete maravilhas do mundo moderno:

- Ruínas de Pedra (Jordânia)
- Chichen Itza (México)
- Machu Picchu (Peru)
- Coliseu de Roma (Itália)
- Taj Mahal (Índia)
- Muralha da China (China)
- Cristo Redentor (Brasil)

Destes, conheço apenas três: Coliseu de Roma, Cristo Redentor e Taj Mahal. Este último teria sido construído pelo imperador em memória a sua esposa, que faleceu durante o parto do 14º filho. Vi ali uma bela arquitetura, repleta de pequenas pedras preciosas, que, infelizmente, aos poucos vêm sendo retiradas pelos visitantes.

Nessa lista de maravilhas, sinto falta das Cataratas do Iguaçu, considerado o maior conjunto de quedas d'água do mundo, com cerca de 275 quedas de água no rio Iguaçu. Tem uma enorme vazão, que é a quantidade de água que flui por um canal em determinado período de tempo. A vazão normal é de 1,5 milhão, mas no período de chuvas pode chegar a mais de 10 milhões de litros por segundo.

As Cataratas do Iguaçu oferecem aos turistas uma paisagem singular e de rara beleza. Esteve entre as 28 finalistas para a escolha das sete maravilhas do mundo moderno, eleição organizada pela Fundação New 7 Wonders, cuja votação atingiu o número de 1 bilhão de votos.

Todos nós que vivemos neste maravilhoso planeta, repleto de belezas naturais, temos a obrigação de auxiliar na preservação do meio ambiente, tanto para o nosso bem-estar como para o futuro das próximas gerações.

Com facilidade podemos perceber que o ser humano tem causado inúmeros prejuízos para a flora e a fauna do nosso planeta, ocasionando desequilíbrios ambientais irreversíveis, como a poluição, a degradação das florestas, a extinção de animais e o aquecimento global.

De uma coisa podemos ter certeza: preservar o meio ambiente é preservar a vida.

A responsabilidade social e a preservação ambiental significam um compromisso com a vida.
João Bosco da Silva

Para quem olha a vida com bons olhos, a felicidade é natural, não precisa de motivo. É um hábito que precisa ser cultivado. Enxergar as coisas boas que possui, não absorver os problemas dos outros sabendo que cada um responde por si, alivia e acalma.

Saber esperar, fazer o melhor, acreditar que a vida sabe mostrar a cada um o que precisa aprender é ficar em paz e enfrentar os desafios do amadurecimento com inteligência. Tudo é natural, faz parte da vida.

Zíbia Gasparetto

Sobre o mar

Fui convidado por um amigo e aceitei o desafio de fazer um cruzeiro, a bordo de um navio, partindo do porto de Miami com destino a Santos, com uma duração total de 21 dias. Embarcamos em um navio novo, recentemente lançado ao mar, que fazia esse percurso pela primeira vez, com 339 metros de comprimento, 76 metros de altura e 31 metros de largura. Num fim de manhã, logo após o embarque, ao procurar minha cabine, percebi a existência de corredores infinitos. Havia também piscinas com borda infinita, de frente para o mar, restaurantes com especialidades internacionais, espaços de relaxamento e lazer, incluindo *spas* e cassinos. Tudo isso numa área externa de 13 mil metros quadrados, com espaço para receber 5 mil passageiros, confortavelmente acomodados.

Com todos a bordo, iniciamos o cruzeiro, navegando pelo Oceano Atlântico, esse que é o segundo maior oceano em extensão, com uma área de 106.500.000 km². No percurso, paramos em 8 ilhas do Mar do Caribe, com águas cristalinas e praias maravilhosas. São oferecidos passeios em terra, ou se pode sair por conta própria. Todos devem cuidar do horário do retorno, pois aqueles que desejam visitar a ilha de modo independente e se atrasam, acabam ficando em terra.

Partimos, depois da oitava ilha, para águas marítimas brasileiras. Foram seis dias navegando a 38 km/h, rumo à capital baiana, nossa primeira parada em solo brasileiro.

Ao longo desses dias e desse percurso, concordei com aquele que escreveu que toda aquela água azulada diante dos meus olhos "traduzem a expressão mais bela da vida que forma nas suas profundezas e resplandece na superfície dos seres humanos. Regulam a temperatura, interferem na dinâmica atmosfera e são fonte de vida e alimentos para os seres humanos."

Partimos para a etapa final do nosso cruzeiro. O tempo passou ligeiro, diante de todas as atividades que são oferecidas a bordo.

Foi uma experiência excelente, com muitas belezas, pelo que se viu no navio, nas ilhas, no mar e nos amigos conquistados durante o percurso.

Depois de 21 dias, atracamos no porto final. Aos poucos, vamos, em nossos pensamentos, relembrando os dias maravilhosos que passamos a bordo dessa embarcação, visitando lugares distantes, em busca de lazer e descanso.

Para alguém, tudo isso é o movimento temporário de pessoas para um destino fora do seu local habitual de trabalho e residência.

Recebi novo convite para desta vez fazer outro cruzeiro, com destino a um porto da Europa. Após pensar sobre a proposta, respondi negativamente. São muitos dias sobre o mar, e penso que, para aqueles que têm negócios em andamento, fica difícil se ausentar por tanto tempo. Acredito que esse tipo de cruzeiro é bom, mas para aqueles que já estão aposentados, sem preocupações, sem trabalho, apenas descansando e desfrutando das delícias que a travessia proporciona. Quem sabe um dia eu ingresse nesse time...

A grandeza não é onde permanecemos, mas em qual direção estamos nos movendo. Devemos navegar algumas vezes com o vento e outras vezes contra ele, mas devemos navegar, e não ficar à deriva, e nem ancorados.
Oliver Wendall Holmes

Preservação do meio ambiente

Encontro-me em Lisboa, capital de Portugal. Da janela do hotel diviso o Rio Tejo, o teleférico e a Ponte Vasco da Gama. Hoje é domingo, cinco de junho, um dia ensolarado e com temperatura de vinte graus. A cidade é muito antiga, remonta ao tempo dos Fenícios, antes de Cristo. A história registra que aqui, no ano de 1755 ocorreu um dos maiores terremotos que a Europa já sentiu. Foi de 8,7 graus na escala Richter. Destruiu quase que completamente a cidade e fala-se que metade da população morreu. Os portugueses souberam reconstruí-la e hoje, com suas sete colinas, é muito frequentada por turistas de vários países do mundo.

Ligo o aparelho de televisão em busca de notícias. A primeira que surge informa que hoje é o Dia Mundial do Meio Ambiente e destaca a importância da participação de todos na preservação do meio ambiente.

Para a ONU – Organização das Nações Unidas o meio ambiente é o conjunto de elementos físicos, químicos, biológicos, sociais que pode causar efeitos diretos ou indiretos sobre os seres vivos e suas atividades. Envolve, portanto, todas as coisas com vida e sem vida que existem na Terra.

Todos, com muita facilidade, percebem a falta de cuidado que se tem com o meio ambiente, que sofre, em todas as partes do mundo, as maiores agressões. Vejamos que absurdo: em cada ano oito milhões de toneladas de plásticos vão parar nas águas dos oceanos, levando 100 mil animais marinhos à morte. Segundo a ONU, caso esse ritmo continue o mesmo, no ano de 2050 teremos mais plásticos do que peixes nos oceanos.

Diante da gravidade dessa situação, todos nós deveríamos refletir sobre o conteúdo de um provérbio indígena que diz: "Quando a última árvore for cortada, o último peixe for pescado, o último rio for envenenado, somente então nós vamos perceber que não se pode comer dinheiro".

Mandaram-me algumas sugestões que podemos colocar em prática para preservar o nosso meio ambiente. Retransmito aqui, na expectativa de compartilhar com meus amigos leitores:

- Não desperdice água e reduza o seu consumo.
- Não compre produtos sem necessidade.
- Separe o lixo (vidro, papel, metal e plástico).
- Não jogue lixo nas ruas.
- Ande mais a pé. Evite andar apenas de carro.
- Não compre animais silvestres sem registro.
- Evite o uso de produtos descartáveis e sacolas plásticas.
- Reutilize, reaproveite e recicle tudo que for possível.
- Ajude a recuperar as áreas verdes. Plante pelo menos uma árvore.
- Ensine às crianças o amor e o respeito pela natureza.

Vemos, assim, que seguindo essas dicas simples, todos nós podemos preservar o meio ambiente e, assim, ajudar o planeta.

O meio ambiente é vida. Diante desse quadro preocupante, somos forçados a declarar que a responsabilidade é de todos nós, que, unidos, devemos trabalhar pela preservação do meio ambiente.

Pais e professores, em casa e nas escolas, devem preocupar-se na formação de uma consciência de preservação, para que as futuras gerações recebam um mundo habitável.

Preservar o meio ambiente é tarefa para todos nós.

A natureza é a única coisa para a qual não há substituto.
Anne Frank

O caminho do sucesso

Todos admiramos as pessoas que são bem-sucedidas em todas as empreitadas que procuram realizar.

Bom seria se entrevistássemos algumas delas. Acabaríamos vendo que pelos caminhos da vida enfrentaram obstáculos de todos os tipos, mas, reunindo forças, souberam vencê-los.

Às vezes ficamos a pensar sobre a necessidade de ajudar os outros a serem bem-sucedidos, mas a conclusão a que chegamos é que o sucesso depende exclusivamente de nós. Outros não têm o poder de nos dar sucesso. Está ao alcance de muitos, mas vai depender somente do esforço que cada um despender. Foi por isso que Estée Lauder, empresário de uma das empresas de beleza mais famosas do mundo, afirmou: "Eu não sonhei com o sucesso. Eu trabalhei para ele."

Não existe nada melhor do que buscarmos exemplos de pessoas que alcançaram sucesso na vida e que nos inspiram para seguir os seus passos nesses difíceis caminhos que nos levam ao sucesso.

Fui em busca de manifestações de vitoriosas mulheres, que alcançaram sucesso. Em todas elas observa-se que não pouparam nenhum esforço para serem bem-sucedidas em suas profissões.

Ana Sweeney, que foi vice-presidente da Disney, disse:

Defina sucesso com seus próprios termos, o alcance seguindo as suas próprias regras e viva uma vida da qual você se orgulha.

Marissa Mayer, diretora da Yahoo, uma das maiores empresas do mundo, disse:

Sempre fiz algo que eu achava que estava pouco preparada para fazer. Quando você tem um momento de incerteza, é aí que você consegue avançar.

Madre Tereza de Calcutá, religiosa e humanitária, disse:

Não espere por grandes líderes; faça você mesmo, pessoa a pessoa. Seja leal nas ações pequenas, porque é nelas que está a sua força.

Elza Soares, uma das maiores cantoras do país, disse:

Não tenho medo de nada. Temos que ensinar o medo a ter medo de nós.

Adriana Huffingeton, fundadora de um famoso *site* de notícias, disse:

Temos que aceitar que nem sempre tomaremos as melhores decisões, que vamos errar muito e perceber que o fracasso não é o contrário de sucesso, já é parte do sucesso.

Depois de todos esses depoimentos femininos, somos levados a pensar qual será o verdadeiro caminho para se encontrar o sucesso na vida e concluir que existe apenas um: somente cada um, com seu próprio esforço, e passo a passo, sem nenhum medo, deve buscá-lo, para no final alcançá-lo e dele se orgulhar.

Alguém nos deixou algumas palavras de motivação e que nos estimulam a nos esforçarmos para vencermos e sermos bem-sucedidos.

Nunca deixe ninguém te dizer que não pode fazer alguma coisa. Se você tem um sonho, deve correr atrás dele.

As pessoas não conseguem vencer e dizem que você também não vai vencer. Se você quer algo, vá em frente!

O sucesso é ir de fracasso em fracasso sem perder o entusiasmo.
Autor desconhecido

A educação é um direito

A educação está reafirmada na própria Constituição Federal como sendo um direito legítimo de todas as crianças e jovens. Ela não é um privilégio.

Diante de sua enorme experiência, reproduzo a seguir algumas manifestações sobre o tema, de figuras famosas:

A educação tem raízes amargas, mas os seus frutos são doces.
   (Aristóteles, filósofo grego)

Se quiser prever o futuro, estuda o passado.
   (Confúcio, filósofo chinês)

A educação exige os maiores cuidados, porque influi sobre toda a vida.
   (Sêneca, filósofo romano)

O ser humano é aquilo que a educação faz dele.
   (Kant, filósofo alemão)

Com saudade lembro do tempo em que frequentava os bancos escolares. Vejo que o ensino sofreu profundas mudanças. Comecei no primário, eram 4 anos, e aí tinha um tal de "exame de admissão" para verificar se poderia passar para a fase seguinte. Só me lembro que antes do vestibular ainda tive 3 anos de colegial. Aproveitei bem, tive bons professores, que souberam me ensinar os melhores caminhos para vencer na vida.

Naquele tempo, lembro-me que ensinavam:

- Tabuada
- Caligrafia
- Redação

Havia aulas de:

- Educação Moral e Cívica
- Práticas Agrícolas
- Práticas Industriais

Ocorreram reformas no ensino, e como dizia Cecília Meireles, "a principal tarefa da educação moderna não é somente alfabetizar, mas humanizar as criaturas".

Defendo o ensino integral, retendo o aluno mais tempo nas dependências da escola pública, dando-lhe o almoço e lanche para bem se alimentarem, como no passado, quando davam 3 refeições diárias, deixando de lado a ideologia e procurando ensinar de fato, para dali saindo poderem ingressar no ensino superior e terem um conhecimento mínimo para enfrentarem as responsabilidades da vida.

Muitos já devem ter passado por experiências como esta que vivi, quando após uma pequena compra dei à caixa uma nota de R$ 50,00. Como a despesa total havia sido de R$ 42,00, dei-lhe mais R$ 2,00, na expectativa de que ela me devolvesse os R$ 10,00 de troco. Ela ficou alguns minutos sem saber o que fazer. Minha explicação em nada ajudou. Chamou o gerente para ajudá-la. Percebi que, apesar das explicações do gerente, ela, com lágrimas nos olhos, continuava sem entender. Certamente o nível de educação que recebeu foi baixo e insuficiente para fazê-la preparada para vencer na vida.

Vejo que a educação deve ser efetuada em duas frentes:

a) Domiciliar
b) Escolar

Na primeira, os pais devem dedicar boa parte do seu tempo cuidando da parte física, psíquica e emocional da criança. Admiro quando alguns pais ajudam seus filhos nas tarefas escolares, estudando junto. Considero a família uma escola e os pais os professores. "Ensina a criança a andar no bom caminho", dizia o sábio Salomão, "que jamais ela se desviará dele". (Prov. 22:6)

Na segunda, vem a enorme responsabilidade dos professores. Essa missão, dentre todas as demais, é a mais nobre.

Ser professor é um dom divino. Nele se veem reunidas várias habilidades. Numa sala de aula nos ministra seus conhecimentos e se esforça com vistas a nos tornar melhores para enfrentar as dificuldades da vida. Alguns se dedicam por inteiro à atividade de ensino, e acabam deixando sua marca na vida de seus alunos para a vida inteira.

Olho todo professor com carinho e gratidão. Bem sei a baixa remuneração que recebem pelos seus esforços, e assim mesmo entregam-se por inteiro a essa bela tarefa de ensinar.

Completo relembrando as palavras da paquistanesa Malala Yousafzai:

Vamos pegar nossos livros e canetas. Eles são nossas armas mais poderosas. Uma criança, um professor, uma caneta e um livro podem mudar o mundo. A educação é a única solução.

Feliz aquele que transfere o que sabe e aprende o que ensina.
Cora Coralina

Quando crianças, nós não conhecemos limites. Num curto período de tempo, aprendemos a falar sem nunca antes termos falado coisa alguma. Aprendemos a andar com nossos membros frágeis para explorar o mundo sem nunca antes termos dado um passo sequer. Aprendemos a observar, a reconhecer, a alegrarmo-nos, a sofrer, e continuarmos nossas experiências de explorações e descobertas. Quando crianças, conseguimos tudo isso, sim, porque temos o apoio de todos que nos cercam, mas principalmente porque em nenhum momento nós pensamos que não somos capazes.

Augusto Branco

Os efeitos do celular

O calendário marcava que estávamos no ano de 1973, quando o norte-americano Martin Cooper apareceu com o primeiro telefone móvel comercialmente produzido. Com essa descoberta, ele ficou conhecido como o "pai do celular". O tamanho do aparelho era enorme, com 25 cm de comprimento, 7 cm de largura e pesava um quilo.

Em poucos anos, este aparelho teve um enorme avanço tecnológico. Exerce inúmeras funções. É leve e teve o seu tamanho reduzido. Chegou ao Brasil em 1990, e com preço reduzido e facilidade de pagamento, hoje mais de 240 milhões de aparelhos estão nas mãos dos brasileiros, ou seja, um número maior do que o número de habitantes.

Ocorre muito abuso no uso do celular em locais impróprios. Pela imprensa, soube que no interior de Sergipe um professor retirou o aparelho de um garoto que, mesmo advertido, seguiu ouvindo música com os seus fones de ouvido. A mãe, ao tomar conhecimento do ocorrido, ajuizou uma ação pleiteando "reparação por danos morais diante do sentimento de impotência e revolta, além de um enorme desgaste físico e emocional".

Merece respeito e elogios a decisão prolatada pelo magistrado, negando o pedido e afirmando que "o professor é o indivíduo vocacionado a tirar outro indivíduo das trevas da ignorância, da escuridão para as luzes do conhecimento, dignificando-o como pessoa que pensa e existe".

Ao concluir sua sentença, ele alerta a todos que "julgar procedente essa demanda seria desferir uma bofetada na reserva moral e educacional deste país, privilegiando a alienação e a contraeducação das novelas, dos *reality shows*, da ostentação, do *bullying* intelectivo, do ócio improdutivo, enfim toda a massa intelectivamente improdutiva que vem assolando os lares do país, fazendo as vezes de educadores, ensinando falsos valores e implodindo a educação brasileira".

Enquanto redijo essas linhas tenho o celular ao meu lado. Paro um instante, abro a tela e vejo a existência de funções relevantes. Ali, hoje, já vi as condições do tempo, as mensagens e os *e-mails* recebidos. Ali temos o mundo a nossa disposição, e se tornou uma ferramenta essencial para a nossa vida diária. Sua descoberta foi uma revolução na história da humanidade.

Fica no ar a pergunta sobre a entrega de um celular para uma criança ou um adolescente: Quando?

Estudiosos e pesquisadores procuram descobrir e explicar os impactos positivos e negativos no uso das redes sociais por essa faixa etária.

Madonna, cantora, atriz e empresária americana, afirmou que se arrependeu de dar um telefone ao seu filho mais velho aos 13 anos de idade, e que não faria isso de novo.

O tema é de suma importância, e deve nos levar a avaliarmos o momento em que devemos colocar esse aparelho nas mãos das crianças, diante dos riscos que ele pode provocar em decorrência das muitas horas do dia gastos com sua utilização.

A tecnologia é só uma ferramenta. No que se refere a motivar as crianças e conseguir que trabalhem juntas, um professor é o recurso mais importante.
Bill Gates

Se a reta é o caminho mais curto entre dois pontos, a curva é o que faz o concreto buscar o infinito.

OSCAR NIEMEYER (1907-2012),
brasileiro, reverenciado na arquitetura por seus projetos revolucionários.

Não é o ângulo reto que me atrai. Nem a linha reta, dura, inflexível, criada pelo homem. O que me atrai é a curva livre e sensual. A curva que encontro nas montanhas do meu País, no curso sinuoso dos seus rios, nas ondas do mar, nas nuvens do céu, no corpo da mulher preferida. De curvas é feito todo o Universo – o Universo curvo de Einstein.

Oscar Niemeyer

Os benefícios do autoconhecimento

Basta refletirmos um pouco para logo percebermos que todos aqueles que fazem um mergulho interno, conhecendo seus pontos fortes e fracos, acabarão tirando benefícios, pois saberão como proceder diante de certos momentos da vida que poderão lhe proporcionar felicidade.

Dentro dessa linha de pensamento, alguém soube questionar:

Jamais serás quem tu pensas que és. Quem tu és? A resposta seria: "Eu sou". Eu sou o quê? O que quiser ser! E é aí que começa o processo de autoconhecimento. Quem você quer ser? Qual ser humano? E o que ainda te impede de sê-lo?

Embora venha da antiguidade, ainda é muito badalado nos meios filosóficos o mais famoso aforismo da história: "Conhece-te a ti mesmo", cuja autoria ainda provoca algumas controvérsias, porém predominam aqueles que a atribuem ao filósofo grego Sócrates. Independentemente de seu autor, vemos aí a importância do autoconhecimento. Ele foi fixado, em letras garrafais, na entrada do templo do deus Apolo, na cidade grega de Delfos.

Saindo da Grécia, vamos a partir de agora dar uma aterrissada em terra chinesa, onde viveu Sun Tzu, general, estrategista e filósofo. Tornou-se muito conhecido por seu tratado militar *A Arte da Guerra*, composto por 13 capítulos de estratégias militares. Temos com ele muito a aprender. Ele garantia que, para vencer uma batalha, não bastava conhecer o inimigo; era necessário conhecer a si mesmo.

Sempre temos que medir as forças que estão em jogo, para depois partirmos à luta e sairmos vitoriosos.

E o militar chinês em seu livro ainda diz:

Se conhece o inimigo e conhece a si mesmo, não precisa temer o resultado nem de 100 batalhas.

Tive a oportunidade de ver diversas dicas e recomendações que podem nos ajudar a nos conhecermos melhor. Na verdade, trata-se de um mapeamento interno, para que mudemos tudo aquilo que for necessário e que venha a nos proporcionar momentos felizes na vida. Selecionei apenas cinco, para que nelas possamos refletir:

1. Questione-se (como eu ajo).
2. Nunca tenha medo de efetuar mudanças (de hábitos).
3. Procure definir seu propósito de vida (quais são os seus valores).
4. Se necessário, diga não (sempre que contrarie seus valores).
5. Use ferramentas para se conhecer melhor (mapeamento comportamental).

Embora discorde de suas crenças, John Lennon, um músico inglês e fundador dos Beatles, com apenas 40 anos de idade na época, assassinado em frente ao prédio onde morava na cidade de Nova Iorque, deixou-nos um pensamento para que nele pudéssemos refletir:

Se o homem buscasse conhecer-se a si mesmo primeiramente, metade dos problemas do mundo estariam resolvidos.

Pelo menos a metade dos problemas. Pena que não todos, o que seria o ideal.

Conhecer-se a si mesmo pode, sem sombra de dúvida, nos ajudar a raciocinarmos melhor. Entendo como sendo aquela busca de tudo que está dentro de nós, para após melhorarmos o que está do lado de fora. Com isso, muitos problemas pessoais poderão ser resolvidos. Não vamos guardar no canto escuro da nossa alma o que de nós não queremos saber. Mudando tudo que necessário for, com nosso pleno autoconhecimento, estaremos dando os passos necessários nesses tortuosos caminhos da vida, sempre em busca da felicidade.

O autoconhecimento não se esgota.
É bom que seja assim.
Ser fonte inesgotável, permanecer inédito pra si mesmo, ir embora sem ter sido tudo.
    Padre Fabio de Melo

Se você abre uma porta, você pode ou não entrar em uma nova sala. Você pode não entrar e ficar observando a vida. Mas se você vence a dúvida, o temor, e entra, dá um grande passo: nesta sala vive-se! Mas, também, tem um preço... São inúmeras outras portas que você descobre. Às vezes curtem-se mil e uma. O grande segredo é saber quando e qual porta deve ser aberta. A vida não é rigorosa; ela propicia erros e acertos. Os erros podem ser transformados em acertos quando com eles se aprende. Não existe a segurança do acerto eterno.

A vida é generosa; a cada sala que se vive, descobrem-se tantas outras portas! E a vida enriquece quem se arrisca a abrir novas portas. Ela privilegia quem descobre seus segredos e generosamente oferece afortunadas portas. Mas a vida também pode ser dura e severa. Se você não ultrapassar a porta, terá sempre a mesma porta pela frente. É a repetição perante a criação, é a monotonia monocromática perante a multiplicidade das cores, é a estagnação da vida... Para a vida, as portas não são obstáculos, mas diferentes passagens.

Içami Tiba

Um clamor pela paz

Felizmente nosso país não está envolvido em conflitos. Cabe até fazermos uma prece de alegria, como o fez um desconhecido:

Obrigado, Senhor
Por ter alimento,
quando tantos passam o ano com fome.

Por ter saúde,
quando tantos sofrem neste momento.

Por ter um lar,
quando tantos dormem nas ruas.

Por ser feliz,
quando tantos choram na solidão.

Por ter amor,
quantos tantos vivem no ódio.

Pela minha paz,
quando tantos vivem o horror da guerra.

De fato, muitos povos vivem os horrores da guerra. A ONU divulgou alguns dados que nos impressionam. Para ela, são mais de vinte regiões do mundo envolvidas em conflitos. Hoje existem cerca de 80 milhões de refugiados, que fogem, deixando para trás seus bens, em busca de abrigo e de paz. Os países investem em armamentos em torno de 1,7 trilhão de dólares por ano. Bom seria se todo esse dinheiro fosse utilizado para a construção de um mundo mais justo, onde todos os povos pudessem viver em paz.

Ligando a televisão, verificamos que a mais cruenta guerra ocorre na invasão da Ucrânia. Tudo é transmitido em tempo real. Esse país é o segundo maior territorialmente da Europa, depois da Rússia, que deseja tornar-se maior, tudo num delírio de grandeza e nostalgia do passado soviético. Ali vivem 44,13 milhões de pessoas, numa área que abrange 603.628 km². É na agricultura que se apoia sua base econômica. Vejo que até agora já perderam, pela invasão, vinte por cento de seu território. Milhares de soldados, dos dois lados, morreram estupidamente nesse conflito. Centenas de aves também pereceram. Vejo nessa guerra uma desigualdade muito grande, pois o invasor possui um enorme poderio bélico, classificado como o segundo do mundo. É uma guerra do forte contra o fraco, de Davi contra Golias.

Erich Hartmann foi um piloto de caça alemão durante a Segunda Guerra Mundial, que tirou a vida de 70 milhões de pessoas. Tornou-se famoso no histórico da guerra aérea, pois participou com sucesso em 825 combates aéreos, em ocasiões diferentes. Com autoridade no assunto, ele diz que "a guerra é um lugar onde jovens que não se conhecem e não se odeiam se matam entre si, por decisão de velhos que se conhecem e se odeiam, mas não se matam".

Assusta a todos ver a proliferação de armas nucleares. Hoje, países pequenos, em várias partes do mundo, estão produzindo armamentos que, num confronto mundial, tem a capacidade de destruir o mundo.

Um clamor pela paz.

Para Robert McNamara, um político e empresário norte-americano, que serviu como Secretário de Defesa de seu país, "nunca cometa o mesmo erro duas vezes. Aprenda com seus erros. Não haverá período de aprendizados com armas nucleares. Se cometer um erro, destruirá nações".

Essa invasão russa vem acarretando estragos significativos na economia mundial, com a alta no preço do petróleo e o impacto inflacionário. Todos saem perdendo. Acredita-se que essa guerra vai durar longos meses.

A Assembleia Geral da ONU aprovou uma resolução contra essa invasão, sendo que 141 países (inclusive o Brasil) votaram contra, 35 se abstiveram e 5 aprovaram. Ainda não conseguimos entender as verdadeiras razões que levaram os russos a quererem tomar esse país vizinho e aumentar seu território. Alguns dizem que a razão principal é pelo fato da expansão da Organização do Tratado do Atlântico Norte – OTAN, e o desejo da Ucrânia de dele participar. Detalhe que assusta os russos, diante dessa possibilidade de ter um vizinho aliado – países que se uniram para enfrentar possíveis inimigos quando necessário.

Um clamor pela paz!

A humanidade deveria se unir para lutar contra as desigualdades que existem. Combater a miséria e a fome.

Davi recomendava ao seu povo: "Aparta-te do mal e faze o bem, procura a paz e segue-a". (Salmos 34:14)

Bom seria se pudéssemos hastear em todos os países a bandeira branca da paz e soltar as pombas, da mesma cor, levando a esperança e a felicidade que todos nós buscamos.

Amor é paz!

Se colocares numa parte da balança as vantagens e na outra as desvantagens, perceberás que uma paz injusta é muito melhor do que uma guerra justa.
Erasmo de Roterdã

NÃO PERCA

Perca a batalha, mas não desistas da guerra.
Perca a coragem, mas não perca a vontade de lutar.
Perca a paciência, mas não perca a sua dignidade e segure-se.
Perca o amigo, mas nunca a amizade.
Perca o medo, mas não a prevenção diante dos perigos.
Perca o sono, mas não a vontade de repousar.
Perca as esperanças, mas não a confiança em Deus.
Perca o bom senso, mas não fique ridículo.
Perca o humor, mas não a vontade de sorrir.
Perca o caminho, mas não a direção da sua vida.
Perca o emprego, mas não a vontade de trabalhar.
Perca o medo de amar, errar é aprender.
Perca o medo de falar, alguém vai te ouvir.
Perca o medo de ser feliz, arrisque-se.
Perca o medo de dizer o que sente, ninguém vai descobrir se você não falar.
Perca a fé, mas nunca a certeza de que Deus existe e é seu amigo sempre.
Perca o rumo de sua vida, mas encontre-se.
Perca um dia de sua vida, mas nunca a sua vida inteira.

Paulo Roberto Gaefke

Defenda sua opinião

Encontro-me em Cuiabá, a noite já veio, o calor é intenso, embora saiba que no sul faz um frio rigoroso. Ligo a televisão, em busca de notícias e também de distração.

Paro em um canal, cujo programa, do qual participam três repórteres, intitula-se "Opinião", no qual os telespectadores formulam perguntas e recebem respostas.

Mudo de canal, e agora um grupo passa a dar sua opinião sobre o aumento do combustível. Atentamente observo opiniões divergentes. É certo que no mundo existem muitas opiniões. Algumas são apaixonadas. Enquanto assisto, lembro as palavras de Bertrand Russel, na sua obra *Ensaios Céticos*, onde ele diz que "as opiniões mantidas com paixão são sempre as que não têm nenhuma base. A paixão é a medida dos que não têm uma convicção racional."

Como é bom conviver com pessoas que têm boas opiniões, que sabem de forma inteligente expressar aquilo que pensam em relação a determinado assunto ou pessoas. Elas sabem que não devem opinar caso não tenham pleno conhecimento daquilo que vão falar. Seguem à risca o conselho de Platão, que nos ensina que "a opinião sem conhecimento é cega".

John F. Kennedy, em seu discurso de posse, falando à nação americana, afirmou:

O grande inimigo da verdade não é muito frequentemente a mentira deliberada, controvertida e desonesta, mas o mito persistente, persuasivo, e não realista. Frequentemente nos agarramos aos clichês de nossos antepassados. Sujeitamos todos os fatos a um conjunto de interpretações pré-fabricadas. Desfrutamos do conforto da opinião sem o desconforto do pensamento.

Atentamente, durante longos minutos fiquei observando os debates na televisão, e com isso tirei importantes conclusões. Pude ver que alguns defendem sua opinião e dela se negam a recuar, fazendo questão de vê-la prevalecer. No convívio com nossos semelhantes ocorre o mesmo. Quantas vezes nos envolvemos, discutindo, para que nossa opinião saia vencedora?

Nunca discuta – dizia Alexandre Dumas – "você não convencerá ninguém". As opiniões são como os pregos; quanto mais se martelam, mais se enterram.

Mesmo diante de todas essas colocações, minha modesta opinião é que todas as pessoas devem ter e têm o direito de possuir e defender sua opinião. Pouco valor têm aqueles que nada pensam e são arrastados pelas opiniões dos outros. Como diz o adágio popular, são do tipo "Maria vai com as outras".

Diante de certas situações duvidosas da vida, nada custa pedirmos a opinião de terceiros para analisarmos, ponderarmos com a nossa, e escolhermos qual o melhor caminho a seguir. Com o espírito aberto até podemos aceitar as opiniões dos outros, mas devemos sempre lembrar o conselho de Shakespeare: "Nunca desista da sua própria opinião".

Sempre defenda sua opinião.

Não devemos de forma alguma preocupar-nos com o que diz a maioria, mas apenas com a opinião dos que têm conhecimento do justo e do injusto, e com a própria verdade.
　Platão

A piscina da verdade

Todo ser humano busca permanentemente a verdade, pois deseja estar ligado a tudo que é sincero, que é verdadeiro.
Sempre aprendi que a verdade se coloca em três posições:

- A sua verdade
- A minha verdade
- A verdade verdadeira

É bem fácil de entendê-la, pois ela está sempre de acordo com os fatos ou até mesmo com a realidade.

Aristóteles afirmava que a verdade está no mundo a nossa volta, e não em um universo paralelo. Dizia que eram os homens que formulavam os conceitos a respeito das coisas para poder reconhecê-las.

Para Platão, a verdade seria a exata correspondência de um enunciado com a realidade da coisa por ela proferida. Conhecendo a verdade, isso faz com que as pessoas ajam de maneira correta.

Para Sócrates, a vida não refletida não vale a pena ser vivida. Afirmava que existiam verdades universais, válidas para toda a humanidade, em qualquer espaço e tempo. Para encontrá-las, era necessário sobre elas refletir.

Essas são colocações filosóficas, melhor entendidas por seus discípulos.

Inspirado em Sócrates, encontramos o escritor tcheco Franz Kafka, que utilizava a imagem de uma piscina para falar sobre a verdade. Segundo ele, aqueles que buscam a verdade devem abandonar a superfície da experiência cotidiana para submergir nas suas profundezas.

Dessa reflexão, podemos deduzir que a verdade é algo difícil de ser extraída, mas que ilumina os que vão ao seu encalço até as profundezas do abismo.

No meu tempo de estudante de Direito, apreciava comparecer ao Tribunal do júri para assistir a alguns julgamentos. Lembro que o juiz alertava todas as testemunhas para falarem a verdade, caso contrário responderiam pelo crime de falso testemunho. Eram convidados a prestar juramento de "dizer a verdade, somente a verdade e nada mais do que a verdade". Com isso, criava-se um clima responsável para que a testemunha prestasse o seu depoimento. Às vezes fico a pensar que os pais, quando seus filhos começassem a falar, deviam lhes ensinar esse juramento, para que ao longo de suas vidas sempre falassem somente a verdade.

Nos Estados Unidos o juramento é mais solene, pois o juiz pega a Bíblia e manda a testemunha colocar as mãos em cima dela e afirmar: "Juro perante Deus que hei de dizer toda a verdade e só a verdade".

Hoje em dia é comum a circulação de notícias falsas. Confesso que acreditava em várias delas, reproduzindo-as e mandando para amigos. Para minha surpresa, em várias oportunidades fui alertado de que se tratava de *fake news*. Por isso devemos ter sempre muita cautela, procurando averiguar se a notícia é verdadeira ou falsa. Alguém já afirmou que a única coisa verdadeira em um jornal é a data...

O indiano Gandhi reconhecia que a verdade reside em todo coração humano, e recomendava que cada um deve procurar por ela ali, ou ser guiado pela verdade.

Conheço alguns que se apegam na mentira deliberada para combater a verdade e, infelizmente, muitas vezes conseguem alcançar seus objetivos. Existe de fato o perigo de uma mentira muitas vezes repetida tornar-se verdade. A mentira é a maior inimiga da verdade. Ninguém deveria ter o direito de mentir.

Nas escrituras existe uma frase famosa, proferida por Jesus Cristo, quando, na Festa dos Tabernáculos, dirigindo-se aos fariseus, ele afirmou:

Conhecereis a verdade, e a verdade vos libertará.
(João 8:32)

Convivendo com a verdade, sempre seremos livres, aptos a desfrutar a paz por todos almejada.

A verdade é aquilo que todo homem precisa para viver e que ele não pode obter nem adquirir de ninguém. Todo homem deve extraí-la sempre nova do seu próprio íntimo, caso contrário ele se arruína. Viver sem verdade é impossível. A verdade é, talvez, a própria vida.
Franz Kafka

PRECE ÁRABE

Deus, não consintas que eu seja o carrasco que sangra as ovelhas, nem uma ovelha nas mãos dos algozes.
Ajuda-me a dizer sempre a verdade na presença dos fortes, e jamais dizer mentiras para ganhar os aplausos dos fracos.
Meu Deus!
Se me deres a fortuna, não me tires a felicidade;
se me deres a força, não me tires a sensatez;
se me for dado prosperar, não permita que eu perca a modéstia, conservando apenas o orgulho da dignidade.
Ajuda-me a apreciar o outro lado das coisas, para não enxergar a traição dos adversários, nem acusá-los com maior severidade do que a mim mesmo.
Não me deixes ser atingido pela ilusão da glória, quando bem-sucedido e nem desesperado quando sentir insucesso.
Lembra-me que a experiência do fracasso poderá proporcionar um progresso maior.
Oh! Deus!
Faze-me sentir que o perdão é a maior demonstração de força, e que a vingança é prova de fraqueza.
Se me tirares a fortuna, deixe-me a esperança.
Se me faltar o bem-estar da saúde, conforta-me com a graça da fé.
E quando me ferir a ingratidão e a incompreensão dos meus semelhantes, cria em minha alma a força da desculpa e do perdão.
E, finalmente, Senhor, se eu Te esquecer, te rogo, mesmo assim, nunca Te esqueças de mim!

Autor desconhecido

Conviver com mudanças

Sempre percebi nos meus caminhos da vida que muitos resistem a mudanças, preferindo que tudo continue da mesma maneira. Todos nós precisamos entender que a mudança é a lei da vida. Tudo muda muitas vezes, pois a vida é movimento. Algumas mudanças são impostas, temos que aceitá-las, mesmo não querendo, enquanto outras são feitas por nós mesmos.

Assim, mudanças ocorrem, queira você ou não. Cabe a nós recebê-las e saber administrá-las para que elas tragam engrandecimento para a nossa vida. Devemos aproveitar cada mudança como uma oportunidade de crescimento pessoal.

> *Tudo muda...*
> *Chega um dia que você percebe que tudo na vida muda: você muda, sua família muda, seus amigos mudam.*
> *Você conquista coisas, se decepciona, perde e ganha!*
> *Conhece pessoas novas, se diverte e, aos poucos, vai percebendo que a vida é feita de mudanças. Já pensou se tudo fosse bom?*
> *O que aprenderíamos? Como iríamos saber a hora de parar e agir? Qual seria o incentivo que teríamos para continuar lutando por algo que desejamos?*
> *Pensou? Então reflita: Nossas dúvidas, nossos desejos e conquistas nos preparam cada vez mais para uma vida digna e justa. Onde uns dependem dos outros, e assim a vida continua sua caminhada...*
> (Josinha Vasc)

Spencer Johnson, um médico e escritor americano, é o autor do livro *Quem Mexeu no meu Queijo*, com palavras motivacionais, que se tornou um *best-seller*, com uma história muito divertida e esclarecedora, com quatro personagens: dois ratos e dois homens, mostrando como reagem diante de uma mesma situação. Todos vivem num labirinto, na procura por queijo que possa alimentá-los.

No livro, o queijo é uma metáfora de tudo aquilo que se busca na vida, e o labirinto é o local onde as pessoas procuram por isso.

Os quatro personagens dessa história acabam se defrontando com mudanças inesperadas. Merece destaque o comportamento dos ratos diante de um queijo que acaba, quando pelo labirinto eles partem em novas descobertas. O mesmo ocorre com os homens, que se desesperam, até que um deles é bem-sucedido nas buscas, e escreve o que aprendeu com sua experiência entre as paredes do labirinto:

1. Mudanças acontecem e não é possível impedi-las.
2. Precisamos prever essas mudanças para que não causem traumas muito grandes.
3. É necessário estudar a mudança para saber quando ela ocorrerá e de que forma.
4. É bom desligar-se o mais rápido possível da situação anterior para conseguir adaptar-se rapidamente às mudanças.
5. O melhor é mudar junto com a mudança.
6. Divirta-se.

Suas palavras ensinam a lidar com a mudança para que se possa viver com menos estresse e alcançar mais sucesso no trabalho e na vida pessoal.

Em seu livro, Spencer Johnson procura motivar os seus leitores, para que sempre estejam preparados para conviver com as mudanças que ocorrem no dia a dia da vida.

Temos que concordar e aceitar as mudanças que surgem o tempo todo. Quando decidimos mudar, essa atitude irá trazer reflexos para sempre. Mudar, mas não só isso, mudar para melhor! Leon Megginson, um bom pensador, entendia que não é o mais forte que sobrevive, nem o mais inteligente, mas o que melhor se adapta às mudanças.

Mentes fortes discutem ideias.
Mentes médias discutem eventos.
Mentes fracas discutem pessoas.

SÓCRATES
(470 a.C.-399 a.C.),
filósofo grego.

Quantas vezes somos tentados a defender nossos pontos de vista numa discussão acalorada em que, tendo certeza das nossas convicções, nos aborrecemos e até corremos o risco de perder boas amizades!?
No entanto, tais situações são propícias ao aprimoramento e à prática da nossa sabedoria. Esperemos o momento certo de falar, não nos manifestando verbalmente no primeiro impulso. A troca de ofensas normalmente não traz com ela qualquer solução. Quem se exalta, demonstra despreparo e ausência de autocontrole.
Então, nesses casos, utilizemos o bom senso e silenciemos. Isolemo-nos da faixa vibratória negativa que a palavra insensata estabelece em todas essas ocasiões. Não aceitemos o convite da provocação, tão comum por parte da ignorância.

Autor desconhecido

As máximas do Barão do Humor

O cognome "Barão do Humor" foi dado ao gaúcho Aparício Torelly, que soube criar o moderno humor jornalístico, em que ridicularizava os ricos, a classe média e os pobres. Não perdoava ninguém. Debochado de tudo e de todos, costumava dizer que "quando pobre come frango, um dos dois está doente".

Tenho neste momento em minhas mãos uma publicação com dezenas das melhores máximas desse humorista, que lançou na sua época o jornal *A Manhã*. Com enorme sensibilidade, ele soube retratar inúmeras situações que, ainda hoje, refletem a realidade.

Selecionei apenas algumas:

- Dize-me com quem andas e eu te direi se vou contigo.
- Sábio é o homem que chega a ter consciência da sua ignorância.
- Mantenha a cabeça fria, se quiser ideias frescas.
- Neurastenia é doença de gente rica. Pobre neurastênico é malcriado.
- De onde menos se espera, daí é que não sai nada.
- Quem empresta, adeus.
- Pobre, quando mete a mão no bolso, só tira os cinco dedos.
- Este mundo é redondo, mas está ficando muito chato.
- Precisa-se de uma boa datilógrafa. Se for boa mesmo, não precisa ser datilógrafa.
- Nunca desista do seu sonho. Se acabou numa padaria, procure em outra.

- Devo tanto que, se eu chamar alguém de "meu bem", o banco toma.
- Viva cada dia como se fosse o último. Um dia você acerta.
- Tempo é dinheiro. Paguemos, portanto, as nossas dívidas com o tempo.
- O voto deve ser rigorosamente secreto. Só assim, afinal, o eleitor não terá vergonha de votar no seu candidato.
- Em todas as famílias há sempre um imbecil. É horrível, portanto, a situação do filho único.
- A moral dos políticos é como elevador: sobe e desce. Mas em geral enguiça por falta de energia, ou então não funciona definitivamente, deixando desesperados os infelizes que confiam nele.

Foi concedido a este humorista o nobre título de Barão de Itararé, o que não deixa de ser piada – tão inteligente quanto histórica. "Uma referência à Batalha de Itararé, que não aconteceu. Quando, em 1930, as tropas gaúchas de Getúlio Vargas rumaram para o Rio de Janeiro, era esperada uma grande resistência no município de Itararé, localizado na divisa do Paraná com São Paulo, onde se travaria a batalha pelo poder do país. Mas não houve resistência, nem título de Barão para Aporelly."

Vemos assim que esse humorista gaúcho, radicado na cidade do Rio de Janeiro, não tinha nada de nobre. Foi-lhe dado o título de nobre e nobre se tornou. O primeiro nobre do humor no país!

Senso de humor é o sentimento que faz você rir daquilo que o deixaria louco de raiva se acontecesse a você.
Barão de Itararé

A liberdade de expressão

Tenho a liberdade de expressão como sendo um direito fundamental de todo ser humano, que lhe garante a manifestação de ideias e de pensamentos.

Para George Washington, ex-presidente norte-americano, "se a liberdade de expressão for retirada, mudos e silenciosos podemos ser conduzidos, como ovelhas, ao matadouro".

Achei muito interessante a providência tomada pelo governo londrino, ao reservar um espaço no Hyde Park para que o povo fale ali o que bem entender. Porém, foram impostas duas condições:

1. Não podem falar mal da rainha.
2. Devem subir em uma cadeira ou caixa, porque os pés não podem tocar o solo inglês.

É fácil imaginarmos os calorosos pronunciamentos que ali são proferidos. As orelhas do Primeiro-Ministro devem ficar vermelhas.

"Ninguém está livre de dizer tolices. O imponderável é dizê-las de modo solene", dizia Michel Montaigne.

Aqui na Pátria Amada Brasil esse privilégio é reservado apenas aos nossos parlamentares. Nas casas legislativas todos podem acompanhar os seus pronunciamentos, com ataques pessoais e impropérios.

Diante disso, até penso que nossos governantes deveriam reservar em todas as praças um espaço com caixas e cadeiras para cidadãos subirem e falarem o que bem quisessem, sem o medo de serem punidos. Estaríamos, assim, agindo conforme nos diz John Milton: "Dorme a liberdade do saber, de falar e de argumentar livremente de acordo com a consciência, acima de todas as liberdades".

Para mim, essa liberdade é um direito sagrado, assegurado inclusive pela nossa Constituição, que prevê que cada um pode expressar suas ideias, por mais absurdas e estapafúrdias que sejam, desde que não ameacem terceiros. O que todos nós precisamos compreender é que o nosso direito vai até onde começa o direito do outro.

Albert Einstein, o festejado físico alemão, dizia que "as leis, por si só, não podem garantir a liberdade de expressão. Para que cada homem possa apresentar suas opiniões sem penalidades, deve haver um espírito de tolerância em toda a população."

Todos lamentam até hoje o que aconteceu com Galileu Galilei, que usou de seu direito de liberdade de expressão, ao apregoar o heliocentrismo, que na sua época contrariava os ideais religiosos que condenavam essa teoria. Por essa razão foi perseguido, julgado e preso. Ele entendia, com toda razão, que o sol está localizado no centro do sistema solar. Todos os cálculos necessários para o lançamento de satélites e outros veículos espaciais fundamentam-se nos conhecimentos que Galileu no passado defendeu.

Para a filosofia, o homem livre é aquele que consegue dominar seus sentimentos, seus pensamentos e a si próprio.

Certo é que nós assumimos responsabilidades no livre uso do direito de nos expressarmos. Muitas vezes nos arrependemos pelo fato de, usando nossa língua, lançarmos tolices no ar.

Lembro-me de um episódio recente, quando um político propôs, em alto e bom som, criarmos no país o partido nazista. Muito criticado, arrependido, ele afirmou: "Eu errei. A verdade é essa. Estava muito bêbado."

Concluindo, trago para nossa reflexão as palavras do filósofo iluminista francês Voltaire, proferidas há três séculos: "Discordo do que você diz, mas defenderei até a morte o seu direito de dizê-lo". Essa frase resume tudo que podemos falar sobre a liberdade de expressão.

Tudo vai dar certo

Bem sabemos que, no decorrer da vida, todos temos que enfrentar dificuldades. Como é bom ouvir, diante dessas situações, aquela voz tranquilizadora que diz: Tudo vai dar certo. São palavras que acalmam e nos fazem muito bem.

Sempre encontramos pessoas que, em vez de acreditar em si mesmas, preferem acreditar no destino. Outras já acreditam nas coincidências. Na realidade, não é nada disso. Temos que pensar positivo. O segredo da vida é um só: o bom é aliviar a bagagem do passado, viver intensamente o presente e lembrar que pensamentos positivos atraem bons amigos.

Billy Graham foi um respeitado evangelista norte-americano, e por seus pensamentos positivos foi conselheiro de vários presidentes dos Estados Unidos. Para ele, a Bíblia é mais atual do que o jornal de amanhã. "Avivamento não é descer a rua com um grande tambor, é subir ao Calvário em grande choro". Certa feita, ele afirmou: "Eu li a última página da Bíblia. Tudo vai dar certo."

Tenha fé!
Seja otimista!
Acredite em você!

Reunindo todos esses conselhos, vemos que são poucos os obstáculos que não podem ser vencidos. Com persistência, chegaremos ao final de todas as etapas, comemorando que "tudo deu certo".

Caiu em minhas mãos um lindo texto, escrito por Nanda Ribeiro, no qual ela procura nos motivar a acreditar que tudo vai dar certo.

Ei, moça, por favor, pare de lamentar dessa forma e acredite que tudo vai dar certo no final.
Crie boas expectativas, tenha boas energias, isso ajuda um tanto, sabia?!
Não espere o final para ser feliz; seja feliz agora, mesmo que o agora não seja o tão esperado momento.
O que significa um joelho machucado perto de quem tem uma fé grandiosa? O que significa um coração costurado perto de quem tem somente amor?
Não desista, continue sonhando. Voe e creia que Deus tem o melhor para a sua vida.
Se o desânimo chegar, louve a Deus, e agradeça pelo sopro da vida que Ele lhe dá todos os dias. As batalhas são apenas aprendizados, e servem pra mostrar o quão você é capaz de vencê-las todos os dias.
Siga em frente. Mande embora o que for breve. E não permita que tirem a sua prece. Ore sempre a Deus que o mal o vento leve.

De vez em quando ouço que tudo vai dar certo no final, e que se ainda não deu certo, é porque ainda não chegou no final.

Tenho para mim que tudo tem que dar certo desde o início. Todos nós temos o poder de rever o que temos feito de errado e, com humildade, procurar corrigir.

Nada é mais belo do que a vida. No seu decorrer vamos plantar sementes de amor e otimismo, e, no final, para nosso deleite, acabaremos colhendo apenas bons frutos.

Vamos seguir em frente, na bendita esperança de que tudo vai dar certo.

O otimismo é a fé em ação. Nada se pode levar a efeito sem otimismo.
Helen Keller

Nas asas da esperança

Vejo a esperança como sendo um sentimento valioso, que nos ajuda a ter paciência e saber esperar o melhor momento diante das dificuldades que surgem em nossa caminhada nesta vida. Ela abre as portas nas horas mais complicadas para que sigamos em frente acreditando que tudo dará certo, quando for a hora.

Alguém escreveu uma bela parábola, que nos ensina por que nunca podemos perder a esperança. A parábola contém uma mensagem que ajuda todos aqueles que lutam para manter a esperança viva e que têm o sincero desejo de cultivá-la. Ela nos ensina qual é o seu verdadeiro poder:

Quatro velas estavam queimando silenciosamente, e lentamente derretendo. O silêncio era tão grande que dava para ouvi-las conversando.
A primeira disse:
– Eu sou a paz... Eu não sei o que faço acesa neste mundo. Os homens preferem a guerra e a violência. Acho melhor me apagar...
E a sua luz se apagou.
A segunda disse, quase inaudível:
– Eu sou a fé... Já não sirvo para nada neste universo. As pessoas preferem viver na mentira e no engano. Sou excluída e ninguém crê que é Deus que renova minha fé. Eu já não tenho nada que fazer neste planeta. Vou desaparecer...
Assim que ela se calou, uma leve brisa soprou e apagou a vela.
A terceira vela, triste, também se manifestou:

— Eu sou o amor... Eu já não tenho forças para manter a minha chama. As pessoas já não creem no amor: os casais se divorciam e as famílias se dividem. Reina o egoísmo em tantos lugares! Prefiro extinguir-me... E foi-se apagando...
De repente, uma criança entrou na sala e, vendo as três velas apagadas, começou a chorar e disse:
— Estou com medo. A paz, a fé e o amor desapareceram. O mundo está nas trevas. Não quero viver neste escuro.
A última vela, a única que continuava acesa, iluminou as lágrimas de seus olhos e lhe disse:
— Não chore, não tenha medo. Enquanto eu permanecer acesa, posso acender todas as velas que estiverem apagadas. Eu sou capaz de dar luz outra vez à paz, à fé e ao amor.
O menino perguntou:
— Você é capaz de acender outra vez a luz da paz, da fé e do amor? Quem é você?
A vela, então, respondeu:
— Eu sou a esperança. Enquanto eu permanecer acesa, nem tudo está perdido. Com minha luz, pode-se acender outra vez a paz, a fé e o amor.
E assim, todas as velas foram novamente acesas.

Com um pouco de cuidado, podemos tirar algumas conclusões dessa parábola:

- O vento não é o culpado por apagar as velas, mas sim aquele que não fechou a porta.
- Nossa missão é brilhar, oferecer luz para os outros, dando o melhor que temos.
- Quem acende a luz dos outros, em momento algum apaga a sua própria luz.

Vamos transcrever apenas uma parte de um texto maior no qual Clarice Lispector, figura importante da nossa literatura, nos permite vislumbrar o que podemos e devemos esperar da vida:

Sonhe com o que você quiser.
Vá para onde você queira ir.
Seja o que você quer ser, porque você possui apenas uma vida
E nela só temos uma chance de fazer aquilo que queremos.
Tenha felicidade bastante para fazê-la doce.
Dificuldades para fazê-la forte.
Tristeza para fazê-la humana.
E esperança suficiente para fazê-la feliz.

Usando o poder da esperança, veremos que ela nos ajuda a permanecermos fortes e ilumina o nosso caminho para uma realidade melhor.

Estava inspirado aquele que afirmou:

Vão-se sonhos nas asas da descrença,
Voltam sonhos nas asas da esperança.

A esperança é o sonho do homem acordado.
   Aristóteles

Estamos conectados, sempre conectados, conectados com a insensibilidade de sentir a dor do próximo, estamos perto de quem está longe, estamos muito distantes de quem está ao nosso lado, a vaidade nos cega de tudo que está acontecendo ao nosso redor, estamos caminhando rumo ao fim, fim do amor ao próximo. Passamos a maior parte do tempo curtindo coisas que na verdade a gente nem curte, a tecnologia nos leva para uma verdadeira Matrix, um mundo que não existe, fazendo-nos ignorar a realidade do nosso lado, mostramos ser o que realmente não somos. Gestos de carinhos são chutados a todo tempo, enquanto alguns estão em cadeias físicas, muitos estão em cadeias virtuais na palma da sua mão, tudo precisa ser capturado. Amamos o que é para usar, mas usamos o que Deus fez para amar. (...) Quem tem sido você?

Bruno Tavares

Frutos do espírito

Os frutos do espírito são um conceito teológico cristão contido na carta do apóstolo Paulo aos Gálatas (Gal 5:22), em número de nove, sendo que cada um representa uma bela virtude, que ajuda o ser humano a desfrutar de paz e felicidade, com o poder de transformar uma vida.

Quais são esses frutos? São eles: amor, alegria, paz, paciência, amabilidade, bondade, fidelidade, mansidão e domínio próprio.

O apóstolo ainda completa dizendo: "Contra essas coisas não há lei".

Todos nós, tenho certeza, gostaríamos de possuir e praticar, senão todas essas virtudes, ao menos boa parte delas. Analiso cuidadosamente cada uma, e fico pensando que, se todos os homens praticassem essas virtudes, o mundo seria outro, com todos vivendo em paz.

Uma coisa é certa: dentro da lei do retorno, apenas receberemos de volta, na mesma proporção, aquilo que plantarmos.

Quem planta, colhe! Mas a verdade é que colhemos apenas aquilo que plantamos.

Pouco entendo de agricultura. Gosto, porém, de ver lançarem uma semente na terra e, passado algum tempo, vê-la germinar. Existe a Lei da Semeadura, e é fácil concluir que você colhe apenas o que plantou. Impossível semear arroz e colher soja nessa lavoura. Impossível plantar tomate e colher chuchu, este forte aliado no combate à hipertensão. Impossível plantar pera e colher maçã. O mesmo também acontece na lavoura da nossa vida, pois se plantarmos apenas o bem, um dia seremos retribuídos, colhendo os saborosos frutos do espírito.

Quem semeia vento, colhe tempestade.

Dentro dessa linha de pensamento, encontramos:

Os que semeiam vento, colherão tempestade.
   (Oseias 8:7)

O que semeia injustiça, colhe a desgraça.
   (Prov. 22:8)

O perverso recebe um salário ilusório, mas o que semeia justiça terá recompensa verdadeira.
   (Prov. 11:18)

Conta-se que, certa vez, São Francisco de Assis convidou um frade, seu discípulo, a acompanhá-lo: "Irmão, vamos fazer uma pregação". Após percorrerem a cidade em silêncio, São Francisco retomou o caminho do convento. Sem entender o que se passava, o frade perguntou: "Mas, meu pai, não disseste que íamos fazer uma pregação? Aqui estamos de volta, e não proferimos uma só palavra. E o sermão?" Recebeu, então, a seguinte resposta: "Sim, já o fizemos. Não percebes que a vista de dois religiosos andando pelas ruas com estas vestimentas e em atitude de recolhimento, vale tanto quanto um sermão?"

Esse frade optou por uma vida religiosa de completa pobreza e, pelo que vemos, nessa lição ministrada para um de seus discípulos, ele na realidade ensinou que, abraçando as virtudes paulinas, pode-se dar o exemplo para os outros, ainda que em silêncio.

Não se pode nunca desanimar e, muito menos, cansar de fazer o bem. Muitos ao nosso redor esperam muito de nós.

Se tiveres amor enraizado em ti, nada senão amor serão os teus frutos.
   Santo Agostinho

A única coisa necessária para o triunfo do mal é que os homens bons não façam nada.

EDMUND BURKE
(1729-1797),
filósofo, político e orador irlandês.

Você pode reclamar porque está chovendo... Ou agradecer às águas por lavarem a poluição.

Você pode ficar triste por não ter dinheiro... Ou se sentir encorajado para administrar suas finanças.

Você pode sentir tédio com as tarefas de casa... Ou agradecer por ter um teto.

Você pode se queixar dos seus pais... Ou ser-lhes grato por ter nascido.

Você pode reclamar por ter de ir trabalhar... Ou agradecer por ter um modo de ganhar a vida.

Você pode lamentar as decepções com os amigos... Ou sentir entusiasmo em fazer novas amizades.

Você pode reclamar sobre sua saúde... Ou dar graças a Deus por estar vivo.

Autor desconhecido

Faça por merecer

Enquanto redijo estas linhas, ocorreu-me o pensamento: será que fazemos por merecer o direito de viver, essa dádiva divina que recebemos, e o que estamos fazendo de bom que justifique essa nossa passagem rápida e temporária pela Terra?

Nos primeiros versos da canção interpretada por Marcelo Falcão, encontramos rápidas explicações sobre a beleza do viver. Para ele:

Viver é um sonho mutante
Viver é respirar sem culpa
Viver é fazer parte da família
Viver é uma eterna vigília
Viver é manter o coração ereto
Viver é respeitar todas as leis do afeto
Viver é melhor que sonhar.

Anualmente acompanhamos a premiação do Prêmio Nobel, nas áreas da química, literatura, paz, física e medicina, para aqueles que realizaram pesquisas e descobertas, com contribuições notáveis para a humanidade. Esse prêmio, até hoje, já foi concedido a 962 pessoas. Todas foram agraciadas por reconhecido merecimento. Todas elas fizeram por merecer.

Tem inteira razão Julio Melo ao dizer:

Se você quer, faça por merecer,
Se você deseja, corra pra alcançar

pois nada muda se você não mudar,
nada cai do céu além da chuva.

Certamente todas essas pessoas que obtiveram o reconhecimento por trabalharem por um mundo mais humano e justo, sacrificaram prazeres pessoais e se atiraram na luta, durante dias e horas, para alcançarem seus objetivos. Ganharam o reconhecimento porque fizeram por merecer um diploma, uma medalha de ouro de 18 quilates ou um milhão de dólares.

Tive a oportunidade de ler o trabalho *3 Dicas pra Fortalecer Seu Merecimento*, de autoria de Giovanna Verrone, uma escritora, com pós-graduação em matemática e físico-terapia. Para ela, cada um tem a vida que merece. Ela vê a vida como sendo uma pirâmide, dividida em três fases distintas:

- Identidade – é a base de tudo. SER
- Capacidade – de realizações, está no meio. FAZER
- Merecimento – está no topo. TER

Diz essa escritora que "em primeiro lugar, a base é a parte que sustenta tudo, sem ela nada existiria. Segundo, podemos concluir que o topo está lá porque existe a parte do meio antes dela. Ou seja, fica muito claro que seu objetivo é fortalecer o merecimento; você precisa conhecer, fortalecendo a sua identidade, para depois desenvolver sua capacidade e, finalmente, melhorar seu merecimento."

Ainda hoje pela manhã, ao ler um dos jornais da cidade, deparei-me com a alegre notícia do carroceiro que se formou em enfermagem. O artigo relata as dificuldades que ele passou, sendo que o veículo disponível para o sustento da família era uma carroça. Com muito esforço, venceu na vida. E, exercendo sua nobre profissão, declara: "Sou um profissional extremamente feliz. Faço parte de um time que ama o que faz. Faça chuva ou faça sol, estamos atendendo com um sorriso no rosto." Ele é um dos que fez por merecer.

Para alcançar essa meta de fazer por merecer, sempre vamos precisar desfrutar de paz na alma, amor no coração, gratidão pela vida e fé na caminhada.

Destaco a gratidão como sendo uma virtude, que habita nas almas nobres. Todos nós temos muito por agradecer: pelo dom da vida e por tudo que possuímos.

Devemos ser gratos também pelas bênçãos sempre recebidas, que nos ajudam a reunir forças para prosseguirmos em nossa caminhada.

Conquistas sem riscos são sonhos sem méritos. Ninguém é digno dos sonhos se não usar as derrotas para cultivá-los.
Augusto Cury

Você tem que encontrar o que você gosta.
E isso é verdade tanto para o seu trabalho quanto para seus companheiros.
Seu trabalho vai ocupar uma grande parte da sua vida, e a única maneira de estar verdadeiramente satisfeito é fazendo aquilo que você acredita ser um ótimo trabalho.
E a única maneira de fazer um ótimo trabalho é fazendo o que você ama fazer.
Se você ainda não encontrou, continue procurando.
Não se contente.
Assim como com as coisas do coração, você saberá quando encontrar.
E, como qualquer ótimo relacionamento, fica melhor e melhor com o passar dos anos.
Então continue procurando, e você vai encontrar. Não se contente.

Steve Jobs

O trabalho de dois líderes

Neste instante estou voando em direção a Cuiabá, cidade onde nasci, no Mato Grosso, esse grande estado na região Centro-Oeste. Olho a paisagem e percebo durante muito tempo que a região é, na sua maioria, coberta pela floresta tropical amazônica.

No ano de 1979, por disputas políticas, ocorreu o desmembramento do Estado, dividindo-o em dois: Mato Grosso e Mato Grosso do Sul.

Estamos prestes a aterrissar. Na descida, o comandante faz aqueles anúncios de praxe, avisando que a temperatura local é de 17 graus. Ressalta que isso é inacreditável, pois normalmente a temperatura é bem mais alta nessa cidade, sempre muito quente. Estamos no inverno e o sul do país enfrenta um rigoroso frio. O comandante anuncia também que vamos aterrissar no Aeroporto Internacional Marechal Rondon.

Tenho Rondon como sendo um dos maiores mato-grossenses. Foi ele que implantou a primeira linha telegráfica do Estado, foi um grande desbravador, defensor dos povos indígenas e, ainda, um grande ser humano.

Dizia ele: "Morrer se necessário for! Matar nunca!" Ele procurava ensinar aos seus soldados que eles deveriam se considerar invasores, e que os índios tinham razão em defender suas famílias. "Sejamos fortes contra nosso sentimento de vingança e tenhamos abnegação bastante para resistir à tentação do orgulho para sacrificar certos preconceitos e melindres."

O ex-presidente americano Theodore Roosevelt foi convidado para conhecer a Floresta Amazônica. Com seu espírito aventureiro, aceitou, pois anos antes havia participado de um safári na África. Rondon foi escolhido para recepcioná-lo. Ocorre que o convidado queria caçar na floresta tropical, o que não condizia com a conduta de Rondon. O convite, então, foi para criar uma expedição e mapear o Rio da Dúvida, cujo curso ainda era pouco conhecido. Esse rio nasce em Rondônia, passa pelo Mato Grosso e deságua no Rio Amazonas, com uma extensão de 679 quilômetros. Roosevelt aceitou o desafio, e mandou o recado que era "a última chance de ser novamente garoto".

A expedição durou quase dois meses. Enfrentaram inúmeras dificuldades na selva, tanto é que Roosevelt, no primeiro mês, perdeu 30 quilos. Escorregou em uma cachoeira, fraturou a perna, e se não fosse encontrado por seringueiros, teria morrido. O nome do rio foi rebatizado para Rio Roosevelt, numa justa homenagem à sua coragem de participar dessa expedição. De volta para casa, em carta escrita a um amigo, falando de sua saúde, disse que a selva havia "roubado dez anos de sua vida". Morreu cinco anos depois dessa viagem, aos 60 anos de idade.

A contribuição de Rondon para a integração das regiões mais isoladas do país, fez com que ele fosse homenageado com o nome do estado de Rondônia, em Mato Grosso com a cidade de Rondonópolis e, no Paraná, com o município de Marechal Cândido Rondon. "Morrer se necessário for, matar nunca". Esse lema demonstrava a sua disposição de nunca agir com violência.

Albert Einstein, grande nome da física, sugeriu que ele fosse indicado para receber, por seu trabalho, o Prêmio Nobel da Paz, porém o sertanejo nunca o recebeu.

Sempre soube, com seu espírito humanitário, mostrar bondade e compaixão pelos outros. Aconselhava com suas palavras:

Sejam vigilantes para não ceder a impulsos de orgulho que a coragem facilmente exalta, sobretudo a bondade.

Os doze princípios para a vida

Os *Doze Princípios para a Vida* é o título de um livro do psicólogo e escritor canadense Jordan B. Peterson, que nasceu no ano de 1992, na cidade de Edmonton, capital da província de Alberta. Já se passaram vários anos desde que saímos de carro da cidade de Calgary e subimos 684 metros de altitude para chegarmos a Edmonton. Lembro ainda como se fosse hoje que nos hospedamos em um *shopping*, considerado na época o maior do mundo. Naquele ano esse renomado psicólogo ainda nem tinha nascido.

O título deste artigo é o nome do livro, que esse professor de Harvard escreveu ao longo de cinco anos. Nele, oferece doze profundos princípios e práticas sobre como bem viver uma vida com significado.

Antes de elencarmos os seus doze princípios, convém destacarmos que esse psicólogo canadense era, desde garoto, um prodígio, tanto é que com apenas 3 anos de idade já sabia ler e com apenas 13 anos iniciou suas obras escritas. São poucos no mundo que têm semelhante biografia.

Bem sei que a curiosidade é geral, por isso vamos enumerar seus doze princípios para a vida, que, bem analisados e praticados, acabam sendo um forte e eficiente antídoto para o caos. Ei-los:

1. Costas eretas, ombros para trás.
2. Cuide de si mesmo como cuidaria de alguém sob sua responsabilidade.

3. Seja amigo de pessoas que querem o melhor para você.
4. Compare a si mesmo com quem você foi ontem, não com quem outra pessoa é hoje.
5. Não deixe que seus filhos façam algo que faça você deixar de gostar deles.
6. Deixe sua casa em perfeita ordem antes de criticar o mundo.
7. Busque o que é significativo, não o que é conveniente.
8. Diga a verdade, ou, pelo menos, não minta.
9. Presuma que a pessoa com quem está conversando possa saber algo que você não sabe.
10. Seja preciso no que diz.
11. Não incomode as crianças quando estão andando de *skate*.
12. Acaricie um gato na rua.

Na realidade, com seus pensamentos e suas obras, Peterson tornou-se um dos mais populares escritores do mundo, ajudando seus pacientes clínicos e alunos a lidarem com a depressão, transtorno obsessivo-compulsivo, ansiedade e esquizofrenia, males que atingem hoje um elevado percentual da humanidade.

Devemos levar em consideração essa dúzia de regras que ele publicou. Ficou famoso com mais de cem artigos científicos de sua autoria, contendo mais de 10.000 citações, sendo eleito por seus alunos como "um dos três professores da instituição que mudaram vidas".

Caso não consigamos cumprir todas as doze regras por ele recomendadas, façamos força para atender a maioria, na busca de momentos felizes.

Mude suas opiniões, mantenha seus princípios. Troque suas folhas, mantenha suas raízes.
Victor Hugo

Espírito de tolerância

O escritor e estadista alemão Johann Goethe gostava de afirmar que o sucesso de um ser humano reside em três coisas: decisão, justiça e tolerância. E é sobre este último que vamos tecer algumas considerações.

Todos sabem que tolerância é "o ato de agir com condescendência e aceitação perante algo que não se quer ou que não se pode impedir".

Durante algum tempo fiquei a pensar como poderia resumir esta definição em apenas duas palavras. Veio-me a primeira palavra: suportar. E, logo depois, consegui pensar em outra: aguentar.

A tolerância é uma bela virtude que a vida coloca à nossa disposição, ao compreendermos que nem todos pensam da mesma maneira. Devemos exercitá-la, pois é necessária para quem vive em sociedade.

Achei muito interessantes aquelas situações criadas por um autor desconhecido, procurando demonstrar que no dia a dia deixamos, em certas respostas, de ser compreensivos e tolerantes com o nosso próximo. Ele intitulou seu trabalho como *Tolerância Zero*.

Cena 1: Sujeito entrando em uma agropecuária.
– Tem veneno pra rato?
– Tem!, Vai levar? – Pergunta o balconista.
– Não, vou trazer os ratos pra comer aqui!

Cena 2: No caixa do banco, o sujeito vai descontar um cheque.
A pergunta: Vai levar em dinheiro???
– Não! Me dá em clips *e borrachinhas!*

Cena 3: Casal abraçadinho, entrando no barzinho romântico.
A pergunta: Mesa para dois?
– Não, mesa para quatro, duas são pra colocar os pés.

Cena 4: O sujeito apanhando o talão de cheques e uma caneta.
A pergunta: Vai pagar com cheque?
– Não, vou fazer um poema pra você nesta folhinha

Cena 5: Sujeito no elevador (no subsolo-garagem).
A pergunta: Sobe?
– Não, esse elevador anda de lado.

Cena 6: Sujeito na praia, fumando um cigarro.
A pergunta: Ora, ora! Mas você fuma?
– Não eu gosto de bronzear os pulmões também.

Cena 7: Sujeito voltando do píer com um balde cheio de peixes.
A pergunta: Você pescou todos?
– Não, alguns são peixes suicidas e se atiraram no meu balde.

Cena 8: Homem com vara de pescar na mão, linha na água, sentado.
A pergunta: Aqui dá peixe?
– Não, dá tatu, quati, camundongo.... Peixe costuma dar lá no mato...

Cena 9: Edifício pegando fogo, funcionários saindo correndo.
A pergunta: É incêndio?
– Não, é uma pegadinha do Silvio Santos!

Cena 10: Sujeito no caixa do cinema.
A pergunta: Quer uma entrada?
– Não, é que eu vi essa fila imensa e queria saber onde ia chegar.

Quando você está dormindo e alguém pergunta:
Você está dormindo?
E você diz: Não, estou treinando para morrer...

Quando você leva um aparelho eletrônico para a manutenção!
O técnico pergunta: Tá com defeito?
E você responde: Não, é que ele estava cansado de ficar em casa e eu o trouxe para passear...

E quando seu amigo pergunta: Vai sair nessa chuva?
E você diz: Não, eu vou na próxima...

E quando você acaba de levantar, vem um idiota e pergunta: Acordou?!
E você diz: Não, sou sonâmbulo...

E quando você liga da sua casa para um amigo, ele vê no celular e pergunta: Onde você está?
E você diz: No Polo Norte. Um furacão levou a minha casa pra lá...

E quando você acaba de sair do banho, vem um besta e pergunta: Tomou banho?!
E você diz: Não, eu dei um mergulho no vaso sanitário...

Até poderiam inventar um aparelho para medir nosso índice de tolerância. Falta um "tolerômetro". Ele nos mostraria, no dia a dia, que ninguém é perfeito nem deve se colocar como juiz da verdade. E nos ajudaria a viver em paz em um mundo diverso.

Procurando incentivar a prática da tolerância e a convivência entre os países do planeta, a ONU instituiu o dia 16 de novembro como sendo o Dia Internacional da Tolerância, sugerindo o "respeito e a apreciação da rica variedade das culturas do mundo e forma de expressão".

Lá nos Estados Unidos, Benjamin Franklin tornou-se famoso ao desenvolver o para-raio, demonstrando que duas barras de metal conectadas ao solo, poderiam atrair os raios e conduzir a energia elétrica ao solo. Tornou-se uma personalidade histórica e ainda conseguiu tempo para nos dar preciosas recomendações:

A melhor coisa que você pode dar ao inimigo é o seu perdão.
Ao adversário, sua tolerância.
Ao amigo, sua atenção.
Ao filho, bons exemplos.
Ao pai, sua consideração.
À mãe, comportamento que a faça se sentir orgulhosa.
A todos os homens, caridade.
A si próprio, respeito.

A tolerância tem tudo a ver com o nosso relacionamento com o próximo. O simples fato de "ter uma opinião contrária à sua não me torna melhor ou pior do que você, apenas demonstra que pensamos diferente".

Para o psiquiatra e escritor Augusto Cury, "a sabedoria superior tolera, a inferior julga; a superior perdoa e a inferior, condena".

Na busca do espírito de tolerância, que Deus nos conceda, sempre, uma sabedoria superior.

A lei de ouro do comportamento é a tolerância mútua, já que nunca pensaremos todos da mesma maneira, já que nunca veremos senão uma parte da verdade e sob ângulos diversos.
Mahatma Gandhi

A verdadeira humildade
não sabe que é humilde.
Se soubesse, ficaria orgulhosa da
contemplação de tão bela virtude.

Martinho Lutero
(1483-1546),
monge alemão que deu origem ao protestantismo.

Senhor, fazei com que eu aceite
minha pobreza tal como sempre foi.

Que não sinta o que não tenho.
Não lamente o que podia ter
e se perdeu por caminhos errados
e nunca mais voltou.

Dai, Senhor, que minha humildade
seja como a chuva desejada
caindo mansa,
longa noite escura
numa terra sedenta
e num telhado velho.

Que eu possa agradecer a Vós,
minha cama estreita,
minhas coisinhas pobres,
minha casa de chão,
pedras e tábuas remontadas.

E ter sempre um feixe de lenha
debaixo do meu fogão de taipa,
e acender, eu mesma,
o fogo alegre da minha casa
na manhã de um novo dia que começa.

Cora Coralina

A lição de um professor

Entre as quatro paredes de uma sala de aula, acontecem inúmeras situações que, dependendo do mestre, podem nos ensinar os melhores rumos para a nossa vida.

Circula pela internet um relato que me chamou a atenção e, pelo ensino que encerra, decidi trazê-lo para o conhecimento de todos:

Um professor encontra um rapaz que diz que foi seu aluno, e pergunta:
– Lembra de mim?
O professor responde que não.
Então, meio tímido, o rapaz conta que foi aluno dele!
O professor pergunta: – O que anda fazendo?
O rapaz responde: – Sou professor!
– Ah, que legal. Como eu? – pergunta o professor.
– Sim, virei professor porque me inspirei em você...
Então o professor resolve perguntar pro rapaz qual foi o momento em que ele o inspirou a ser professor... E aí o ex-aluno conta a história:
– Um dia, um amigo meu, estudante também, chegou com um relógio novo, lindo, e eu decidi que o queria pra mim... e o roubei.
Peguei do bolso dele.
Então esse meu amigo percebeu o roubo, e recorreu a você (professor).
Você disse: – O relógio do colega de vocês foi roubado, e quem o roubou devolva!
Não devolvi porque não queria. Então você trancou a porta, falou pra todo mundo ficar de pé, que você passaria de um por um para revistar os bolsos de todos, até achar o relógio.

Mas você falou que revistaria os alunos, porém, todos de olhos fechados. Todos fechamos os olhos, e você foi indo de bolso em bolso e, quando chegou no meu, continuou revistando todos, e aí quando terminou disse:
– Podem abrir os olhos. Já temos o relógio!
Envergonhado, o ex-aluno disse:
- *Você não me disse nada...*
- *Nunca mencionou o episódio...*
- *Não falou pra ninguém quem tinha roubado...*

E naquele dia, para sempre, você salvou a minha dignidade!
Foi o dia mais vergonhoso da minha vida, mas o dia em que minha dignidade foi salva de não ter me tornado um ladrão, ou uma pessoa má.
Você nunca falou nada.
Não me deu lição de moral, mas eu entendi a mensagem, e entendi que é isso que um verdadeiro educador deve fazer.
Você se lembra disso, professor?
E o professor respondeu: – Eu me lembro da situação, do relógio roubado, de ter revistado todos, mas não lembrava de você porque eu também fechei meus olhos ao revistar.

Detive-me alguns minutos refletindo nesse episódio ocorrido em uma sala de aula. Concluí que foi uma bela lição ali proferida. Se esse mestre não tivesse essa sabedoria e tivesse optado por apontar o infrator, humilhá-lo na frente de seus colegas, dar-lhe a pecha de ladrão, tivesse levado o caso para a diretoria da escola, tudo isso ao certo acarretaria a expulsão do "criminoso", que teria sua dignidade ferida e o seu destino incerto. Devido ao comportamento desse professor, o aluno infrator se recuperou e foi inspirado a seguir a mesma carreira. Com seu procedimento, ele manteve a dignidade de um aluno, que havia agido de forma impensada e que ali poderia ter visto o seu futuro destruído.

Nem todas as perdas são vida jogada fora. Algumas são necessárias.
Lya Luft

Uma taça de vinho

É muito fácil perceber que na vida temos muito a aprender. É uma pena que muitas vezes o aprendizado chega tarde. Para muitos, esperteza é sucesso. Bom é se contentar com tudo aquilo que temos e não ter tudo aquilo de melhor que queremos. Quem ama a sua vida, acaba bem aproveitando todos os bons momentos que ela oferece.

Nesse ano fiz uma bela aventura, que foi num cruzeiro fazer a travessia do Oceano Atlântico, saindo de Miami e, após 21 dias, chegar no porto de Santos. Durante longo tempo fiquei pensando que os navios não afundam por causa do enorme volume de água ao seu redor. Muitos afundam por causa da água dentro deles. Temos que evitar que tudo aquilo que acontece ao nosso redor, cedo ou tarde acabe inundando o nosso interior e nos levando para as profundezas dos mares da vida.

Chegou às minhas mãos um belo relato intitulado "Uma taça de vinho", contendo uma das mais belas lições de vida:

> Um grupo de amigos reuniu-se para visitar seu antigo professor.
> Logo estavam todos se queixando sobre o estresse na vida em geral.
> Foi aí que o professor perguntou se gostariam de um vinho.
> Ele foi para a cozinha e voltou com o melhor vinho da sua adega e uma variedade de taças.
> Algumas simples e baratas, outras decoradas, caras e exóticas.
> Pediu que escolhessem a taça e se servissem de um pouco de vinho.
> Depois que todos tinham feito sua escolha, o mestre, calma e pacientemente, conversou com o grupo:

– Como puderam notar, as mais belas taças foram as primeiras a serem escolhidas, e as mais simples ficaram por último. Isso é natural, porque todos querem o melhor para si. Mas essa é a causa de tanto estresse.
Ele continuou dizendo que nenhuma daquelas taças acrescentou qualidade ao vinho.
– O recipiente apenas disfarça ou mostra a bebida. O que vocês deveriam querer era o vinho, e não a taça, mas instintivamente quiseram pegar as melhores taças.
Então, imediatamente, eles começaram a olhar para as taças uns dos outros.
E o mestre continuou:
– A vida é o VINHO.
Trabalho, dinheiro, status, popularidade, beleza, relacionamentos, entre outros, são apenas recipientes que dão forma e suporte à vida. O tipo de TAÇA que temos não pode definir nem alterar a qualidade da vida que levamos.
Muitas vezes nos concentramos apenas em escolher a melhor TAÇA e nos esquecemos de apreciar o VINHO.

Alguém afirmou que;

As pessoas mais felizes têm as melhores coisas. Elas sabem fazer o melhor das oportunidades que aparecem em seus caminhos. A felicidade aparece para aqueles que choram. Para aqueles que se machucam. Para aqueles que buscam e tentam sempre.

Imagino todos os amigos sentados ao redor daquela mesa, na casa de seu antigo professor, escolhendo as taças para saborearem o bom vinho. Alguns buscaram as melhores taças. Pitágoras já dizia que os "amigos têm tudo em comum, e a amizade é a igualdade".
Podemos desse momento tirar preciosas lições para as nossas vidas:

- Buscar sempre a simplicidade.
- Nunca querer para si o melhor, em detrimento do próximo.

- Sermos generosos e solidários.
- Dar a oportunidade para nossos amigos, em certos momentos da vida, escolherem primeiro.

Se me fosse dada a oportunidade, sairia por todos os cantos do mundo, empunhando uma taça de vinho para ensinar a bela lição desse velho professor.

No meio da confusão, encontre a simplicidade. A partir da discórdia, encontre a harmonia. No meio da dificuldade reside a oportunidade.
John Archibald Wheeler

EU ACREDITO

Aprendi que fazendo um gesto de solidariedade
À impunidade não tem vencedores
E posso ser a única a trabalhar em um projeto
Mas se eu acreditar, terei apoio de muitos
Se eu fizer a minha parte.
Cada um de uma maneira simples fará a sua.
E se eu desejar mudar a história nunca estarei sozinha
E se eu tiver a humildade de pedir ajuda
Milhares vêm ao meu auxílio
Podemos juntos acreditar em dias melhores, em pessoas melhores.
E juntos construir um mundo melhor
Sou sonhadora?
Não, faço parte desse mundo em que vivo.
E desejo ele cada dia melhor.
Meus filhos fazem parte dele
E quem sabe contar a história para meus netos que nós mudamos
Porque aprendemos a trabalhar juntos
Para a construção de uma vida melhor
Uma vida mais digna, mais humana e mais solidária.

Tereza Cristina Saraiva

Os limites da ambição

Encaro como sendo justo que todo ser humano alimente o desejo de progredir na vida, subir alguns degraus na busca do melhor para si e para a sua família.

O objetivo é conquistar nossos sonhos e alcançar a vida que desejamos e merecemos para nós mesmos, tendo a sensação do dever cumprido e felicidade como seus efeitos colaterais.

Muitos se acomodam, mesmo tendo pouco, e não procuram crescer profissionalmente ou mesmo progredir materialmente, para encontrarem o seu próprio bem. Ficando acomodados, nada vai acontecer, mantendo-se sempre na mesma posição. Por isso é necessário ter um pouco de ambição, dentro dos limites que não ferem a ética.

Volto a bater na mesma tecla, defendendo que todos têm o direito de crescer, de buscar uma vida melhor. Porém, o que entristece é quando vemos certas pessoas, excessivamente ambiciosas, que vivem apenas na busca, muitas vezes desnecessária, do crescimento material. Nessa busca insensata, prejudicam até mesmo a sua própria saúde. Embora tendo conquistado o suficiente para assegurar hoje e amanhã uma vida tranquila, querem ainda mais. Deixam a impressão de que querem realizar o impossível, ou seja, conquistar o universo. Vejo apenas que falta colocar limites na sua ambição.

Tive a oportunidade de ouvir na rádio Novo Tempo belas colocações do pastor Celso Zulski sobre o tema que aqui abordamos, quando ele disse:

Muita gente se entristece com a vida que tem, pois não consegue estar contente com aquilo que conquista. Sempre quer mais. E essa busca frenética faz com que se perca a alegria de desfrutar as coisas que tem no presente.

Cabe meditarmos um pouco sobre essas colocações. Uma ambição desenfreada pode, até mesmo, nos impedir de desfrutarmos de tudo aquilo que temos.

Sempre gostei de amigos alertarem, não a mim, mas a outros, que você não deve querer ser o morto mais rico do cemitério. Outros já dizem que caixão não tem gavetas... Tudo isso nos leva a pensar que a ambição desenfreada em conquistar o universo pouco importa, pois todos esses bens materiais nós não levaremos conosco depois da morte. Aqui ganhamos e aqui deixamos. Nada se leva, tudo fica aqui. Este é um bom alerta para os ambiciosos sobre os limites que bastam para o nosso bem e de nossos descendentes. É um alerta que devemos procurar desfrutar daquilo que conquistamos, desde que assegure o presente e o futuro.

Confesso que, se puder ganhar mais, se puder subir para ser melhor, estou junto com todos os meus leitores. Vamos batalhar para melhorar. Vamos lutar para crescer, porém sempre lembrando que para alcançarmos o que queremos, que seja de forma honesta, limpa, sem atropelos, para que tudo aquilo que conquistarmos seja valioso e duradouro.

Seja sempre um ambicioso. Na vida não se acomode. Alimente a ambição de crescer. Lembre-se, porém, de sempre respeitar os limites da ambição.

Sofremos tanto pelo tão pouco que não temos, que gozamos pouco da imensidão daquilo que possuímos.
William Shakespeare

Quero apenas justiça

O desejo por justiça é um anseio de todos. É aquela vontade constante de dar a cada um o que é seu. Decorridos quase 60 anos desde que deixei a Faculdade de Direito, lá e no exercício da profissão aprendi que a justiça é um estado ideal de interação social, e que deve sempre ocorrer com equilíbrio, ser imparcial, entre as pessoas envolvidas em determinado grupo social.

Queremos ver a justiça sendo praticada em nosso país, e que as leis sejam aplicadas de forma igual para todos.

Pós-graduado em engenharia civil, John Kirchhofer relata que ganhou uma bolsa para participar na Harvard University de um seminário econômico:

Em um encontro com um professor, eu propus uma simples pergunta a ele. Qual o principal fator (citando apenas um), para explicar a diferença do desenvolvimento americano e o brasileiro, ao longo dos 500 anos de descobrimento de ambos países?
O então mestre sentenciou sem titubear: A justiça!
Explicou ele em poucas palavras: A sociedade só existe e se desenvolve fundamentada em suas leis e sua igualitária execução.
A justiça é o solo onde se edifica uma nação e sua cidadania.
Se pétrea, permitirá o soerguimento de grandes nações.
Se pantanosa, nada de grande poderá ser construído.
Passados quase 50 anos desse aprendizado, a explicação continua cristalina e sólida como um diamante.
Sem lei e justiça, não haverá uma grande nação.

> *Do pântano florescerão os "direitos adquiridos", a impunidades para os poderosos. Daí se multiplicarão as ervas daninhas da corrupção. Que por sua vez sugaram a seiva vital que deveria alimentar todas as folhas que compõem a sociedade.*
> *Como resultado, se abrirá o abismo da desigualdade. Este abismo gerará a violência e tensão social.*
> *Nesse ambiente de pura selvageria, os mais fortes esmagarão os mais fracos.*
> *O resultado final: o pântano se tornará praticamente inabitável.*
> *As riquezas fugiram sob as barbas gosmentas da justiça paquiderme para outras nações.*
> *Os mais capazes renunciarão à cidadania em busca por terras onde a justiça garanta o mínimo desejado por todos: que a lei seja igual para todos.*

Deveríamos seguir o exemplo americano, país cujo Departamento de Justiça remunera com milhões de reais aqueles que fornecem informações de servidores públicos que receberam propina e se entregaram à corrupção.

Em nosso país, a corrupção, esse câncer que afeta nossa sociedade, apresenta índices muito elevados. O Índice de Percepção da Corrupção (IPC), produzido pela Transparência Internacional desde 1995, com a avaliação de 180 países e territórios, é o principal indicador de corrupção do mundo. Atribui notas de 0 a 100 pontos, sendo que quanto maior a nota, maior é a percepção de integridade do país. Infelizmente nos colocamos bem abaixo da média mundial, com apenas 38 pontos na avaliação de 2021. A falta de punição aos corruptos pelos Poder Judiciário nos levou a um retrocesso no arcabouço legal e institucional contra a corrupção no país. Temos inveja ao ver Dinamarca, Finlândia e Nova Zelândia, países com 88 pontos.

Diante dessa realidade e desse quadro triste de corrupção e injustiças, fico às vezes pensando no que podemos esperar do nosso futuro. Todos aqueles que se apropriam do dinheiro público deveriam sofrer exemplar punição. Não podemos deixar que as "ervas daninhas da corrupção" floresçam. Que sobre eles se aplique a lei e que se faça justiça, punindo-os.

Na verdade, todos nós somos responsáveis e todos nós devemos nos unir para que a ética e a honra habitem entre todos nós, e com isso estaremos dando nossa modesta colaboração para o desenvolvimento do nosso país.

Todos podem ter a certeza de que uma justiça carcomida é e sempre será o pior câncer de uma sociedade.

Precisamos evitar o mau trato do dinheiro público. Vamos aprofundar essa discussão. O dinheiro obtido ilegalmente acaba prejudicando o desenvolvimento da pátria. Embora já tendo ultrapassado a barreira dos 80 anos, ainda sonho em um dia ver os índices de corrupção no mundo e me deparar com o nosso país figurando em melhor colocação. Para isso, precisamos de mais justiça, que seja forte e imparcial, que puna com rigor aqueles que descumprirem a lei.

A justiça não consiste em ser neutro entre o certo e o errado, mas em descobrir o certo e sustentá-lo, onde quer que ele se encontre, contra o errado.
Theodore Roosevelt

É preciso ter esperança, mas ter esperança do verbo *esperançar*;
porque tem gente que tem esperança do verbo *esperar*.
E esperança do verbo *esperar* não é esperança, é espera.
Esperançar é se levantar,
esperançar é ir atrás,
esperançar é construir,
esperançar é não desistir!
Esperançar é levar adiante,
esperançar é juntar-se com outros para fazer de outro modo...

Paulo Freire

Um lance de sorte

Seja na vida um otimista, que certamente com essa atitude positiva o azar não vai querer ficar perto de você. Abra-se ao otimismo, siga em frente, não se entregue, mesmo diante das maiores dificuldades, que a sorte passará a ser sua companheira e, em alguns momentos da sua vida, ela vai pousar sobre suas atitudes e ajudá-lo a sair-se vencedor.

Dois economistas, Alex Rovira e Fernando Trias de Bes, escreveram o livro intitulado *A Boa Sorte*. Nessa obra concluíram:

1. A sorte não dura muito tempo, pois não depende de nós. Por outro lado a Boa Sorte dura para sempre, porque nós mesmos a criamos.
2. Os ingredientes básicos da Boa Sorte são a força de vontade e a persistência, além de uma dose de ousadia.
3. As pessoas bem-sucedidas não pertencem a uma raça distinta; o que as diferencia é sua atitude. O importante é perguntar a si mesmo: o que elas fazem que eu não faço?
4. A Boa Sorte não é algo externo nem ligado ao caso, e sim algo que só pode ser promovido pela própria pessoa, a partir da criação de novas circunstâncias. Nada é impossível para quem sabe lutar.

Fico a pensar que a verdadeira sorte não reside apenas em encontrar no canteiro da vida um trevo de quatro folhas, ou num lance inesperado acertar as seis dezenas e ganhar sozinho o prêmio da

Mega-Sena, nem caminhar pelos campos da vida e tropeçar no coelho, considerado o símbolo da sorte.

Também é sorte:

- Ter uma família bem constituída.
- Ver todos os filhos encaminhados na vida.
- Amar a sua profissão e que ela lhe traga alegria e felicidade.
- Ter um rendimento assegurado que lhe dê paz.
- Desfrutar, você e os seus, de uma boa saúde.

Na França, no século XV, um certo jogador, chamado De Mere, pediu a Blaise Pascal para provar racionalmente os resultados de uma partida de cartas. Iniciou uma vasta troca de correspondências com outros colegas de estudo e profissão. Os resultados desse debate evoluiriam, posteriormente, para uma bem ordenada teoria da probabilidade.

Aprecio, em família ou com amigos, envolver-me num jogo de cartas. Como é bom quando vêm os coringas ou se compra a carta necessária e se vence a partida de canastra, que sempre termina dando a vitória para aquele que atinge primeiro a pontuação necessária.

Definem como sendo sorte uma força sem propósito, imprevisível e incontrolável, que modela eventos, de forma favorável ou não, para determinado indivíduo.

Em determinada noite, assistindo a televisão, acabei me detendo num filme, que era um jogo de *poker*. Havia seis jogadores em volta da mesa. As cartas eram distribuídas e o locutor ia narrando, até que ele afirmou que "se na primeira meia hora do jogo você não descobre quem é o trouxa da mesa, pode ter certeza de que o trouxa é você". Isso demonstra que, num jogo de cartas, além da sorte, é necessário também um pouco de habilidade.

Todos nós temos que ajudar, buscando em todos os momentos a brisa agradável da sorte. Ela não cai do céu. Temos que trabalhar para sermos por ela agraciados.

A perseverança é a mãe da boa sorte.
Miguel de Cervantes

A mente despreparada
não pode ver a mão estendida
de oportunidades.

ALEXANDER FLEMING
(1881-1955),
biólogo, cientista e médico britânico descobridor da penicilina.

Rir é arriscar-se a parecer louco.
Chorar é arriscar-se a parecer sentimental.
Estender a mão para o outro é arriscar-se a se envolver.
Expor seus sentimentos é arriscar-se a expor seu eu verdadeiro.
Amar é arriscar-se a não ser amado.
Expor suas ideias e sonhos ao público é arriscar-se a perder.
Viver é arriscar-se a morrer...
Ter esperança é arriscar-se a sofrer decepção.
Tentar é arriscar-se a falhar.

Mas... é preciso correr riscos.
Porque o maior azar da vida é não arriscar nada...

Pessoas que não arriscam, que nada fazem, nada são.
Podem estar evitando o sofrimento e a tristeza.
Mas assim não podem aprender, sentir, crescer, mudar, amar, viver...
Acorrentadas às suas atitudes, são escravas;
Abrem mão de sua liberdade.
Só a pessoa que se arrisca é livre...

Soren Kierkegaard

Gratidão não custa nada

A gratidão é um belo sentimento, poderoso e capaz de mudar a maneira como nós enxergamos a vida. Todos nós gostamos de conviver com pessoas agradáveis, pelos favores e pela atenção que recebem. Nada custa dar uma parada e agradecer a todos aqueles que nos ajudam no dia a dia para que alcancemos os nossos objetivos. É muito importante saber agradecer a todos aqueles que nos fizerem um bem.

Alguns estudos científicos apontam que o gesto de agradecer é uma fonte de saúde física e psíquica. Para o escritor americano Dan Buettner, "as pessoas agradecidas são mais felizes porque, em vez de se preocuparem com aquilo que lhes falta, agradecem pelo que tem".

Durante alguns meses, no início da década de oitenta, morei na cidade de Tóquio, e tive a oportunidade de visitar vários pontos, de carro e de trem, desse pequeno país, gigante pelo seu progresso e desenvolvimento. Impressionou-me a educação e a atenção que dão aos turistas e o respeito que têm pelas pessoas idosas. A cultura japonesa é também admirável pela importância que dão à demonstração de gratidão.

Esse povo manifesta a sua gratidão de diferentes maneiras:

- *Arigatô* – usado no âmbito comercial, como diria uma vendedora a seu cliente.
- *Itada kimasu* – agradecimento pela comida.
- *Osewani-narimashita* – usado para agradecer a hospitalidade de alguém.

- *Suman* – usado para agradecer e se desculpar.
- *Kinodoku sumimasen* – é o agradecimento mais profundo e usado para reconhecer quando se está assumindo uma dívida.

Nos lares cristãos, inclusive nos meus familiares, é comum pedir as bênçãos sobre o alimento que está à mesa e agradecer ao Pai Celestial pela dádiva e que este nunca venha a nos faltar. Essa oportunidade não é concedida a muitos lares, pois 10% da população mundial passa fome. Esses famintos não têm uma mesa com alimentos para agradecer. Sêneca, o filósofo romano, dizia que "o prazer que se experimenta ao encontrar um homem grato é tão grande que vale a pena se arriscar a não ser um ingrato". Temos em nossa vida incontáveis momentos para manifestar nossa gratidão, sendo um deles o da família e amigos reunidos ao redor de uma mesa para se alimentar, quando alguém é destacado para orar e agradecer. Viver situações como essa certamente nos engrandece e nos torna mais humanos.

Algumas estatísticas demonstram que um ser humano educado diz mais de 20 vezes por dia a palavra *obrigado*. Isso ocorre através de um sorriso, de um pequeno gesto, de um buquê de flores ou na utilização da palavra *obrigado*. Existe, porém, uma enorme diferença entre apenas dizer *obrigado* e manifestar nosso agradecimento. Precisamos demonstrar nosso verdadeiro sentimento ao outro, de quem reconhecemos qualquer tipo de favor, pois ele precisa perceber que ele ocupa um pequeno espaço em nosso coração.

Tenho ao longo deste texto alertado os meus leitores sobre a necessidade de agradecermos, um gesto fácil e que nada custa.

Existe um provérbio chinês que diz: "Ao beber água, lembre-se da fonte". Assim, aproveito, antes de concluir, para agradecer a todos aqueles amigos e familiares que contribuíram, com pouco ou muito, para que eu alcançasse esta etapa da vida, com crescimento como pessoa. Agradeço, pois se venci muitos obstáculos, foi pela confiança recebida de cada um de vocês. Agradeço também ao meu Deus por todas as coisas boas que vivi. Sempre aprendi que o bem apenas dEle é que vem.

Em busca da serenidade

É melhor ter um punhado de tranquilidade do que um punhado à custa de muito esforço e de correr atrás do vento.
  (Ecl 4:6)

Neste mundo conturbado e cheio de problemas, é fácil encontrarmos pessoas que buscam a serenidade e não conseguem encontrá-la. Como não são muitas as pessoas serenas, há quem diga que a serenidade é um artigo de luxo...

Para Thomas Mann, "aquilo que chamamos felicidade consiste na harmonia e na serenidade, na consciência de uma finalidade, numa orientação positiva, convencida e decidida do espírito, ou seja, na paz da alma".

A Oração da Serenidade é de autoria de um teólogo americano – Reinhold Niebuhr e, entre outros pedidos, ele pede a Deus que lhe conceda serenidade, coragem e sabedoria para se ver protegido de todos os males e provações encontrados nos caminhos da vida.

Concedei-me, Senhor, a Serenidade necessária
para aceitar as coisas que não posso modificar.
Coragem para modificar aquelas que posso
E Sabedoria para distinguir umas das outras.
Vivendo um dia de cada vez.
Desfrutando um momento por vez.
Aceitando as dificuldades, como um caminho da paz.

Tomando, como Ele fez, este mundo pecaminoso como ele é,
não como eu gostaria que fosse.
Confiando em que Ele fará todas as coisas certas,
se eu me submeter à Sua Vontade.
Que eu seja razoavelmente feliz nesta vida
E infinitamente feliz com Ele, para sempre, na próxima.
Amém!

O escritor José Roberto Marques, autor de mais de 50 livros publicados, no firme propósito de fazer o ser humano atingir o seu potencial máximo, elencou uma dezena de dicas que podem nos ajudar a manter a serenidade:

1. Tente manter as emoções sob controle.
2. Foque no positivo.
3. Procure as oportunidades.
4. Não sucumba ao medo.
5. Valorize suas qualidades.
6. Continue realizando suas atividades.
7. Invista na prática de atividades físicas.
8. Desconecte-se.
9. Procure ajuda profissional.
10. Internalize a ideia de que tudo passa.

Tenho certeza que todos aqueles que agem com tranquilidade diante de situações complicadas sempre acabam encontrando um bom fim. Quem é tranquilo sempre tem sangue frio. Epicuro já na antiguidade dizia que o homem sereno procura serenidade para si e para os outros. Infelizmente alguns, diante de situações perigosas, acabam sucumbindo por desespero. Devemos ter sempre em mente que nenhuma tempestade dura para sempre.

Trago agora um exemplo de serenidade. Experimente lançar uma pedra em um lago tranquilo. Você verá que ela, antes de desaparecer, provocará uma ondulação no lago. A pedra aos poucos desaparecerá e as águas ficarão tranquilas novamente. Assim também acontece conosco. Tendo domínio próprio, apesar das pedradas que levamos na vida, elas vão desaparecer, e a serenidade vai prevalecer.

Vamos jogar amor e gratidão no lago de nossas vidas, que certamente vamos receber o mesmo de volta.

É sempre no meio, no epicentro de nossos problemas, que encontramos a serenidade.
    Antoine de Saint-Exupéry

OS DEZ MANDAMENTOS DA SERENIDADE

1. Só por hoje... Tratarei de viver exclusivamente este meu dia, sem querer resolver todos os problemas da minha vida de uma só vez.
2. Só por hoje... Terei o máximo cuidado com o meu modo de tratar os outros: delicado nas minhas maneiras; não criticar ninguém; não pretenderei melhorar ou disciplinar ninguém, senão a mim mesmo.
3. Só por hoje... Sentir-me-ei feliz com a certeza de ter sido criado para ser feliz, não só na vida eterna, mas também neste mundo.
4. Só por hoje... Adaptar-me-ei às circunstâncias, sem pretender que as circunstâncias se adaptem aos meus desejos.
5. Só por hoje... Dedicarei dez minutos do meu tempo a uma boa leitura, lembrando-me de que assim como é preciso comer para sustentar o meu corpo, a leitura também é necessária para alimentar a vida da minha alma.
6. Só por hoje... Praticarei uma boa ação sem contá-la a ninguém.
7. Só por hoje... Farei uma coisa de que não gosto e, se for ofendido nos meus sentimentos, procurarei que ninguém o saiba.
8. Só por hoje... Farei um programa bem completo do meu dia. Talvez não o execute perfeitamente, mas, em todo caso, vou fazê-lo. Guardarei bem duas calamidades: a pressa e a indecisão.
9. Só por hoje... Ficarei bem firme na fé de que a Divina Providência se ocupa de mim, mesmo se existisse somente eu no mundo e ainda que as circunstâncias manifestem o contrário.
10. Só por hoje... Não terei medo de nada em particular; não terei medo de desfrutar do que é belo; e não terei medo de crer na bondade.

Papa João XXIII

As pedras do caminho

A expressão "pedras no caminho" obteve enorme repercussão na literatura. Sua intenção é altamente motivacional e nos leva a uma concepção otimista, dando uma noção de que vale a pena seguir em frente, apesar dos obstáculos que podem aparecer no meio do caminho. Todos nós sabemos que as dificuldades fazem parte da vida. Sempre aparecem, queiramos ou não.

Abraham Lincoln dizia que "o êxito da vida não se mede pelo caminho que você conquistou, mas sim pelas dificuldades que superou no caminho". Todos nós devemos reunir forças e disposição para enfrentar as dificuldades, remover as pedras do caminho, portando a bandeira "que não há mal que dure para sempre".

Alguns, com certa frequência, gostam de perguntar se as dificuldades têm o condão de fazer uma pessoa melhor. Penso que sim. Passando por esses momentos, temos tempo de refletir sobre o valor da vida, até mesmo de melhorarmos em nossos pontos fracos. Aprecio a resposta que foi dada pelo escritor japonês Hanuki Murakami quando lhe fizeram essa pergunta e ele respondeu:

Quando você sair da tempestade, você não será a mesma pessoa que era quando entrou.

O mesmo ocorre quando removemos as pedras do nosso caminho, pois é nesse momento que crescemos e ampliamos os nossos conhecimentos.

O poeta mineiro Carlos Drummond de Andrade escreveu o poema "No Meio do Caminho", considerado obra-prima, por expressar, de maneira inspiradora, as profundas inquietações que atormentam o ser humano.

No meio do caminho tinha uma pedra
Tinha uma pedra no meio do caminho
Tinha uma pedra
No meio do caminho tinha uma pedra
Nunca me esquecerei desse acontecimento
Na vida de minhas retinas tão fatigadas
Nunca me esquecerei que no meio do caminho
Tinha uma pedra
Tinha uma pedra no meio do caminho
No meio do caminho tinha uma pedra.

Embora o poeta use o recurso da repetição, o poema é belo pela estética muito bem elaborada, a linguagem enfeitada e uma estrutura bem calculada. É uma obra-prima.

Quando nos deparamos com algumas dificuldades, precisamos muitas vezes de um apoio, de reunir forças e ter um encorajamento necessário para continuarmos. O apóstolo Paulo, numa carta dirigida aos membros da Igreja de Corinto, fundada por ele na Grécia, escreveu:

De todos os lados somos pressionados, mas não desanimados,
Ficamos perplexos, mas não desesperados,
Somos perseguidos, mas não abandonados,
Abatidos, mas não destruídos.
   (II Cor 4:8-9)

Recorrendo a forma poética simples, Cecília Meireles desenvolve temas como este, usando o amor, o tempo, a transitoriedade da vida e a fragilidade das coisas.

E é nisso que se resume o sofrimento:
Cai a flor, e deixa o perfume no vento.

Cabe-nos enfrentar os obstáculos da vida com muita paciência e amor e, na medida do possível, remover todas as pedras para que possamos caminhar com paz e tranquilidade, mesmo nos dias de angústia profunda no coração, lembrando que um dia a tempestade passa e tudo melhora. Vamos remover as pedras do nosso caminho e, com sabedoria, vamos edificar belos castelos, para neles habitarmos.

Um monte de pedras deixa de ser um monte de pedras no momento em que um único homem o contempla, nascendo dentro dele a imagem de uma catedral.
Antoine de Saint-Exupéry

Um professor trouxe balões e deu um a cada aluno no salão. Ordenou que escrevessem neles os seus nomes e os deixassem no chão. Retirou, então, os alunos do local e misturou os balões. Depois disse-lhes: "Vocês têm 5 minutos para encontrarem os balões com os seus próprios nomes". Os alunos entraram e enquanto cada um procurava o seu nome acabaram os 5 minutos. Ninguém conseguiu encontrar o seu.

Mais tarde disse-lhes: "Agora cada um pegue qualquer balão e entregue-o ao dono". Em um minuto todos os alunos tinham seus próprios balões.

Disse o professor: "Os balões são a felicidade. Ninguém vai encontrá-la procurando a sua própria sem se importar com a de mais ninguém. Temos que dar aos outros para recebê-la!"

Aprenda a fazer o bem sem esperar nada em troca, porque outro vai te devolver em algum momento.

Autor desconhecido

Obrigado por sua amizade

Encaro a amizade verdadeira como um presente que recebemos na vida. Enquanto me dedico a abordar este tema, logo no início surge-me a pergunta: quando ela nasce em nossos relacionamentos? Apreciei a resposta a esta questão que nos dá C.S. Lewis, um poeta e escritor irlandês, em seu ensaio *Os Quatro Amores*: "A amizade surge do mero companheirismo quando dois ou mais colegas descobrem que têm uma crença ou interesse em comum". É dessa forma, compartilhando coisas em comum, que as almas conseguem vibrar na mesma frequência sonora, fazendo com que saibam reconhecer a mesma música. É aí que nasce a amizade, e essas pessoas imediatamente erguem-se juntas na imensa solidão, diz Lewis.

Alguns anos atrás, em viagem pela terra lusitana, tive a oportunidade de visitar a Universidade de Coimbra, onde trabalhava como mestre uma bióloga, Diana Farinha, que demonstrou enorme conhecimento sobre a verdadeira amizade, ao escrever:

Amigo,
em ti posso confiar
e os meus
segredos guardar.
Serves para falar
e um conselho
me dar.

*Ajudas-me
a estudar,
a trabalhar.
Se te perco
sinto tristeza;
se contigo fico,
a amizade
é uma beleza.*

Parece-me inacreditável que uma pessoa possa viver sem estar acompanhado de alguém que possa ajudá-lo e compreendê-lo. Podemos enumerar os incontáveis benefícios que advêm de termos bons amigos.

- Ajudam-nos a sermos melhores do que somos.
- Estão ao nosso lado para nos dar forças nos momentos difíceis.
- Efetuam críticas sobre nós na nossa frente.
- Defendem-nos em nossas costas.
- Emprestam-nos o ombro, o tempo e o calor.
- Seguram a barra, seguram a tranca.
- Sabem estar ao nosso lado em todas as horas, boas e más.
- Estão sempre ao nosso lado, nas horas de alegria e de tristeza.

Quem estiver ao nosso lado nesses dias aqui descritos, são verdadeiramente nossos amigos.

Na Universidade de Los Angeles foi publicado um estudo que demonstra que os amigos nos ajudam a preencher as lacunas emocionais e nos levam a lembrar quem realmente somos. Tanto é verdade que, após meio século de pesquisa, identificaram substâncias químicas produzidas pelo cérebro que nos ajudam a criar e manter laços de amizade. Chegaram ao ponto de afirmar que existe uma relação entre "amizade e vida mais longa". O estudo concluiu que a amizade é uma excelente fonte de alegria, força, saúde e bem-estar.

Sócrates já ensinava a seus discípulos: "Para conseguir a amizade de uma pessoa digna, é preciso desenvolvermos em nós mesmos as qualidades daqueles que admiramos".

Quantos amigos você tem?

Podem ser poucos, desde que sejam verdadeiros amigos, pois esse é um precioso tesouro. Tenho excelentes amigos espalhados em diversos pontos do país. Como é bom lembrar que com eles posso contar nos momentos em que preciso de um apoio, de uma ajuda. Como destacava Platão, bons amigos são cúmplices, se conhecem bem e são, inclusive, capazes de intuir o que o outro necessita.

A todos os meus amigos, próximos e distantes, resta-me apenas afirmar: Obrigado por sua amizade.

A verdadeira amizade é aquela que nos permite falar, ao amigo, de todos os seus defeitos e de todas as nossas qualidades.
Millôr Fernandes

CRÔNICA PARA OS AMIGOS

Meus amigos? Escolho pela pupila.

Meus amigos são todos assim: metade loucura, metade santidade. Escolho-os não pela pele, mas pela pupila, que tem que ter brilho questionador e tonalidade inquietante.

Deles, não quero resposta, quero meu avesso. Que me tragam dúvidas, angústias e aguentem o que há de pior em mim. Para isso, só sendo louco. Louco que se acocora e espera a chegada da lua cheia. Ou que espera o fim da madrugada, só para ver o nascer do Sol.

Quero-os santos, para que não duvidem das diferenças e peçam perdão pelas próprias injustiças cometidas. Escolho meus amigos pela cara lavada e pela alma exposta. Não quero só o ombro, quero também a alegria.

Amigo que não ri junto não sabe sofrer junto. Meus amigos são todos assim: metade graça, metade seriedade. Não quero risos previsíveis nem choros piedosos.

Pena, não tenho nem de mim mesmo e risada só ofereço ao acaso. Portanto, quero amigos sérios, daqueles que fazem da realidade sua fonte de aprendizagem, mas lutam para que a fantasia vença.

Não quero amigos adultos, chatos. Quero-os metade infância, metade velhice.

Crianças, para que não esqueçam o valor do vento no rosto. Velhos, para que nunca tenham pressa.

Meus amigos são todos assim: metade loucura, metade santidade. Escolho-os não pela pele, mas pela pupila, que tem que ter cor no presente e forma no futuro.

Sérgio Antunes de Freitas

Dar tempo ao tempo

No passado alguém teve a genial ideia de cortar o tempo em doze fatias, dando-lhe o nome de ano. Com isso, podemos medir a sua passagem, cada um a sua maneira. O escritor americano Henry Van Dyke dá-nos a ideia de que o tempo é:

Muito lento para os que esperam
Muito rápido para os que têm medo
Muito longo para os que lamentam
Muito curto para os que festejam
Mas para os que amam, o tempo é eterno.

Todos nós temos muito a aprender com a natureza. Lançando uma semente na terra, teremos que dar tempo para seu crescimento. Tudo tem o seu tempo certo. Os que trabalham nessa área, tem muito a nos ensinar. Na verdade, não podemos esquecer que somos parte da natureza. Observe o tempo da gestação de uma mulher para ter um filho – são cerca de nove meses.

Não é engravidando nove mulheres que se terá um filho num único mês. Como tudo na vida exige tempo, será necessário esperar o decorrer dos nove meses para nascerem as nove crianças.

O sábio Salomão, na distante antiguidade, referindo-se ao tempo, nos ensina:

Tudo tem o seu tempo determinado, e há tempo para todo o propósito debaixo do céu.

Há tempo de nascer, e tempo de morrer; tempo de plantar, e tempo de arrancar o que se plantou.
Tempo de matar, e tempo de curar; tempo de derrubar, e tempo de edificar.
Tempo de chorar, e tempo de rir; tempo de prantear, e tempo de dançar.
Tempo de espalhar pedras, e tempo de ajuntar pedras; tempo de abraçar, e tempo de afastar-se de abraçar.
Tempo de buscar, e tempo de perder; tempo de guardar, e tempo de lançar fora.
Tempo de rasgar, e tempo de coser; tempo de estar calado, e tempo de falar.
Tempo de amar, e tempo de odiar; tempo de guerra, e tempo de paz.
(Eclesiastes 3:1-8)

Neste mundo agitado, muitas vezes queremos tudo na hora, quando, para obtermos algumas soluções, precisamos ter calma e paciência. Bom seria sempre compreendermos que é necessário esperarmos as coisas acontecerem no tempo certo, para que tudo saia perfeito. Como falamos da natureza, nada custa olharmos o nascimento de uma borboleta, que, antes de alçar voo, teve que rastejar em seu estágio de lagarta. Esse é o ciclo da vida dela.

Certa ocasião alguém perguntou a Galileu Galilei o seguinte:

— Quantos anos tens?
— Oito ou dez — respondeu, numa aparente contradição com seus cabelos brancos.

Vendo a dúvida e a inconformação de quem lhe perguntara, o pai da física moderna esclareceu:

— Tenho, na verdade, os anos que me restam na vida, porque os já vividos não os tenho mais.

Sempre existem dois dias no ano nos quais nada podemos fazer. Um chama-se ontem e o outro chama-se amanhã. Assim, resta-nos o hoje, que sempre está à nossa inteira disposição. Galileu soube dar uma excelente visão sobre a vida. O tempo passado não temos mais. Cabe-nos viver o presente, pois este é o momento certo para amar, acreditar e viver.

Dar tempo ao tempo.

Na vida sempre é necessário esperar que certas situações aconteçam ao natural, sem atropelos. É comum, quando vemos aqueles que procedem de maneira diferente, que se precipitam e acabam correndo o risco de obter menos resultados, ou nenhum.

Dar tempo ao tempo.

Devemos deixar de lado a ansiedade, pois de nada adianta abraçar esse trauma quanto àquilo que ainda não se tem. Calma e paciência, que tudo acontece em seu tempo certo. A vida é curta e passageira, porém nela tudo tem o seu tempo certo.

Vista pelos jovens, a vida é um futuro infinitamente longo; vista pelos velhos, um passado muito breve.
Arthur Schopenhauer

Seu tempo é limitado, então não percam tempo vivendo a vida de outro. Não sejam aprisionados pelo dogma – que é viver com os resultados do pensamento de outras pessoas. Não deixe o barulho da opinião dos outros abafar sua voz interior. E, mais importante, tenha a coragem de seguir seu coração e sua intuição. Eles de alguma forma já sabem o que você realmente quer se tornar. Tudo o mais é secundário.

Steve Jobs

As três coisas mais difíceis do mundo são: guardar um segredo, perdoar uma ofensa e aproveitar o tempo.

BENJAMIN FRANKLIN (1706-1790),
escritor, diplomata estadunidense, um dos líderes da Revolução Americana.

Que você seja alegre mesmo quando vier a chorar.
Que você seja sempre jovem, mesmo quando o tempo passar.
Que você tenha esperança, mesmo quando o sol não nascer.
Que você ame seus íntimos, mesmo quando sofrer frustrações.
Que você jamais deixe de sonhar, mesmo quando vier a fracassar.
Isso é ser feliz.
Que você garimpe ouro dentro de si mesmo.
E seja sempre apaixonado pela vida.
E descubra que você é um ser humano especial.

Augusto Cury

A eterna juventude

À medida que os anos vão passando, e os problemas da velhice vêm se acumulando, o desejo da eterna juventude passa a ser despertado, e é aí que começamos a pensar no que fazer para aparentar que ainda não chegamos lá.

Estou concentrado já há alguns dias escrevendo textos para o meu oitavo livro e, neste instante, decidi desenvolver este tema, que hoje ou amanhã vai nos lembrar que a vida passa, e passa ligeiro, e que ser maduro é um privilégio. Idade não é pretexto para ninguém ficar velho. É assim que penso, sentado diante de uma mesa, feita de madeira de jaca, a pensar sobre a eterna juventude.

Certo dia, encontrava-me em um restaurante, e pude observar quatro senhoras vindo, em fila indiana, para almoçar. Uma delas, aparentemente a mais velha, estava na frente, apoiando-se em uma bengala. Percebi que ali residia um gesto de atenção e de respeito. Terminado o almoço, a cena se repetiu e, quando chegaram no automóvel, duas a pegaram pelo braço e a acomodaram no assento do carona. Os idosos merecem, quando necessário, essa atenção especial, para que possam conviver em sociedade e desfrutar de momentos como esse, sair e almoçar com seus amigos. A saudosa escritora gaúcha Lya Luft soube retratar momentos como esse ao afirmar que "a maturidade me permite olhar com menos ilusões, aceitar com menos sofrimento, entender com mais tranquilidade, querer com mais doçura".

Até concordo que o cérebro de uma pessoa idosa não é tão rápido quanto na juventude. Embora com meu prazo de validade já há muito vencido, percebo que somos mais propensos a tomar as decisões certas e termos menos emoções negativas. Tenho a sensação de que o cérebro começa a funcionar com força total. O professor Monchi Uri, da Universidade de Montreal, acredita que o cérebro do velho escolhe o caminho que consome menos energia, elimina o desnecessário e deixa apenas as opções certas para resolver os problemas.

Muitos afirmam que os neurônios no cérebro morrem. Os estudiosos não concordam com essa conclusão, pois para eles as conexões entre eles simplesmente desaparecem se as pessoas não se envolvem em trabalho mental. Todos os que quiserem usufruir da eterna juventude devem obedecer a essa instrução. Não pare, exercite sempre a sua mente, que, no final da sua vida, vai colher esse benefício para morrer lúcido e são. Isso é belo!

Nem tudo que envelhece deve ser desprezado. Há quem diga que as árvores mais antigas dão os frutos mais doces. De fato, existem muitas coisas antigas que podem nos alegrar, pois são boas de tê-las ao nosso lado.

Até poderíamos tentar listá-las. Todos gostamos de rever fotos antigas de nosso passado. Roupas que não nos servem mais e que devemos doar. Objetos antigos que se valorizaram. Encontrar colegas de curso que tomaram rumos diferentes e são bem-sucedidos em seus empreendimentos. Rever parentes que moram distante e com quem não temos um convívio diário.

Bem sei que o caro leitor, com muita facilidade, tem condições de ampliar essa lista, acrescentando coisas antigas que são de seu agrado. Há um provérbio que diz que a velhice tira o que herdamos e nos dá o que merecemos. Sim, temos o direito de desfrutar das coisas boas da vida. Claro que todos nós, sem precisar pensar nos dias futuros, queremos envelhecer sem perder o espírito jovem. O filósofo dinamarquês Soren Kierkegaard diz que "quem só espera o melhor, envelhece por causa das decepções que a vida lhe apresenta. Quem espera sempre o pior, envelhece depressa por conta do sofrimento. Portanto, o segredo é não se entregar hoje às preocupações com o que ainda está por acontecer e dar atenção ao que se passa no momento. O aqui. O agora."

Assim vamos ficar com Fernando Pessoa, esse poeta português que testemunhava: "Vivo sempre no presente. O futuro, não o conheço. O passado já não tenho." Assim, sabendo viver bem o presente, podemos viver melhor e alcançarmos tudo com o que sonhamos.

Na juventude deve-se acumular o saber. Na velhice, fazer uso dele.
Jean Jacques Rousseau

Com o tempo...
Você se dará conta de que os amigos verdadeiros valem mais do que qualquer montante de dinheiro...

Com o tempo...
Você entende que os verdadeiros amigos se contam nos dedos, e que aquele que não luta para os ter, mais cedo ou mais tarde se verá rodeado unicamente de amizades falsas...

Com o tempo...
Você aprende que as palavras ditas num momento de raiva podem continuar a magoar a quem você disse, durante toda a vida...

Com o tempo...
Você aprende que desculpar todos o fazem, mas perdoar, só as almas grandes o conseguem...

Com o tempo...
Você aprende a construir todos os seus caminhos hoje, porque o terreno de amanhã é demasiado incerto para fazer planos...

Com o tempo...
Você compreende que apressar as coisas ou forçá-las para que aconteçam, fará com que no final não sejam como você esperava...

Com o tempo...
Você se dará conta de que, na realidade, o melhor não era o futuro, mas sim o momento que estava vivendo naquele instante...

Com o tempo...
Você aprende que tentar perdoar ou pedir perdão, dizer que ama, dizer que sente falta, dizer que precisa, dizer que quer ser amigo... junto de um caixão... deixa de fazer sentido...

Por isso, recorde sempre estas palavras:
O homem torna-se velho muito rápido e sábio demasiado tarde.
Exatamente quando:
JÁ NÃO HÁ TEMPO!

Autor desconhecido

O brilho da juventude

Para alguns estudiosos, a juventude, esse período da vida do ser humano está entre a infância e o desenvolvimento pleno do seu organismo.

Muitos afirmam que se estende dos 15 aos 24 anos, quando ocorrem mudanças físicas, psicológicas e sociais.

Tenho netas nessa faixa etária e posso perceber enormes diferenças em relação a minha época, muitas décadas atrás. Nasceram com os avanços tecnológicos. Embora isso não ocorra com minhas netas, percebo que os jovens de hoje querem ultrapassar limites, procuram se desprender da tutela dos pais e, podendo, querem tornar-se independentes. Aqui não vai nenhuma crítica, porém vejo que nessa fase eles têm o mundo inteiro diante deles e vivem um momento da vida em que estão repletos de energia.

Concordo inteiramente com Samuel Ullman, americano, líder religioso, poeta, que apregoa no seu "Poema da Juventude" que esta não se mede pela idade. Quem for a Verona, na Itália, deve visitar o Parque Ecológico Giardino Sigurta, que, além de ser muito organizado, tem belos jardins, considerado um dos parques mais famosos do mundo. Ali você vai encontrar uma enorme pedra, onde parte do belo poema de Ullman foi esculpida. Talvez você não vá a Verona, então o convido para ler o festejado poema:

A juventude não se mede pela idade.
Juventude é estado de espírito que se baseia no querer.
Juventude é a disposição para fantasiar, a ponto de transformar em realidade a fantasia.

Juventude é a vitória da disposição contra a acomodação.
Juventude é o gosto pela aventura, superando o amor ao conforto.
Ninguém envelhece simplesmente porque viveu determinado número de anos.
Envelhece aquele que abdica dos ideais.
Assim como o passar dos anos se reflete no organismo, a falta de empolgação se reflete na alma.
O medo, a dúvida, a falta de segurança, a fuga e a desconfiança se constituem em anos que dobram a cabeça e levam à morte o espírito. Ser jovem quer dizer ter 60 ou 70 anos e conservar a admiração pelo belo, a admiração pelo fantástico, pelas ideias brilhantes, pela fé nos acontecimentos, o desejo insaciável da criança por tudo o que é novo, o instinto pelo que é agradável e pelo lado feliz da vida. Você será jovem enquanto sua alma conservar a percepção da mensagem do belo, do simples e a disposição de viver.
Você será jovem enquanto conservar a mensagem da grandeza e da força que nos é dada pelo mundo, por um ser humano ou pelo infinito. Você só será velho se tiver a alma dilacerada, se for dominado pelo pessimismo ou pelo cinismo. Neste caso, que Deus tenha piedade de sua alma.

Dou inteira razão ao autor quando nos seus 78 anos de idade ele elabora o poema e afirma que "juventude é um estado de espírito que se baseia no querer". Tenho muitos amigos que se somam a essa corrente de que a "juventude não se mede pela idade". Embora aposentados e com cabelos brancos, têm um estado de espírito que contagia a todos aqueles que lhes são próximos. Para todos eles, predomina a ideia célebre de que o futuro está nas mãos de todos, jovens e idosos. Basta possuir um bom estado de espírito.

Referindo-se a esse poema, Jiro Miyazawa escreve que a sua mensagem é para viver jovem, viver forte e viver uma vida de trabalho.

Vive cada dia para que tua velhice venha a ser a coroação de tua juventude.
Augusto Branco

O papel do esquecimento

Embora não seja neurologista, ouso fazer algumas considerações sobre o "esquecimento", que muitas vezes atinge o ser humano. Schaster defendia que os esquecimentos incidentais são indispensáveis para o bom funcionamento da memória. Trata-se de uma habilidade do ser humano que precisa ser trabalhada em sua máxima capacidade.

Sempre percebi como a memória varia de uma pessoa para outra. Essa divisão da memória trouxe grande contribuição para os estudos e pesquisas. Alguns são bons para números, outros para palavras, nomes e até mesmo para reconhecerem pelo rosto. E os músicos, esses são bons para música. Pense um pouco que você vai descobrir onde reside o melhor campo de sua memória.

Para o médico e neurocientista Ivan Izquierdo, existem duas divisões da memória, a de curta e a de longa duração. Ele escreveu que "a memória é um mecanismo que tem sempre algo de misterioso por trás, algo que diz respeito a quem somos. Somos indivíduos porque temos memória. Somos certamente aquilo que lembramos. Cada um de nós tem um certo acervo de memória que é peculiarmente nosso, que não compartilhamos com ninguém."

Em nossa convivência percebemos que alguns acabam perdendo a memória. Conheci um amigo que de forma muito rápida teve perda de memória e acabou acometido pelo mal de Alzheimer.

Essa situação está muito ligada à quantidade de neurônios. No passado, apontavam para a existência de 10 bilhões de neurônios, porém hoje já se sabe que passam dos 100 bilhões. Parece um número elevado. Na verdade, esse é um dos grandes milagres da criação. Com o avançar da idade, os idosos vão perdendo a memória, porque com o passar dos anos há uma desconexão ou morte dos neurônios.

Todos nós temos um defeito muito grande, até digo que é uma característica do povo brasileiro. Experimente perguntar a um de seus amigos em quem ele votou para vereador e deputado estadual nas últimas eleições. Poucos saberão responder e citar os nomes de seus candidatos.

Li certa ocasião sobre a necessidade de procurar esquecer várias situações da vida, pois é impossível retermos tudo que vemos ou ouvimos. A gente tem que abrir espaço físico para pensar e abrigar as coisas novas que surgem. Para Izquierdo, o esquecimento é uma coisa boa e necessária. Somos, dizia ele, o que lembramos e também aquilo que não queremos lembrar. O livro *A Arte de Esquecer* trata exatamente desse tema.

Devemos cuidar para evitar que morram neurônios e com eles morram as memórias que estavam contidas neles. Os neurônios vão sendo perdidos com o avançar da idade, ou até mesmo com doenças degenerativas. Essa situação, pelo que sei, ainda não tem tratamento. Infelizmente não encontramos a solução nas farmácias, pois ainda não existem remédios que impeçam essa perda.

Existem algumas clínicas especializadas para atender aqueles que percebem que tem sido rápida a perda de neurônios. Para os especialistas, a leitura sempre foi recomendada para preservar a memória, pois ela evoca mais tipos e formas de memória. Vejo que alguns gostam de palavras cruzadas, o que é um bom execício para a memória.

Leia muito. Se pretendia escrever ainda mais sobre esse assunto, confesso que esqueci.

Lembrar é fácil para quem tem memória. Esquecer é difícil para quem tem coração.
William Shakespeare

Considera-se idoso ou velho?

Podemos comparar o envelhecimento à escalada de uma montanha. À medida que vamos subindo, nossas forças diminuem. Estou nessa bela etapa da vida, desfrutando da terceira idade. A vida, como dizia Dom Bosco, é um presente de Deus, e o que fazemos dela é o nosso presente a Ele.

Dizem que existem cinco coisas antigas que são boas:

- Pessoas sábias e idosas.
- Os velhos amigos para conversar.
- A velha lenha para aquecer.
- Velhos vinhos para beber.
- Livros antigos para ler.

Até creio que aqueles que, como eu, já vivem na terceira idade, poderiam ampliar as coisas antigas que apreciam.

Em um grupo de WhatsApp recebi um texto que diferencia muito bem idosos e velhos:

Idoso é quem tem muita idade;
velho é quem perdeu a jovialidade.
A idade causa degeneração das células;
a velhice, a degeneração do espírito.
Você é idoso quando se pergunta se vale a pena;
você é velho quando, sem pensar, responde que não.

Você é idoso quando sonha;
você é velho quando apenas dorme.
Você é idoso quando ainda aprende;
você é velho quando já nem ensina.
Você é idoso quando se exercita;
você é velho quando apenas descansa.
Você é idoso quando ainda sente amor;
você é velho quando só sente ciúmes.
Você é idoso quando o dia de hoje é o primeiro do resto de sua vida;
você é velho quando todos os dias parecem o último da longa jornada.
Você é idoso quando o seu calendário tem amanhãs;
você é velho quando ele só tem ontens.
O idoso se renova a cada dia que começa; o velho se acaba a cada noite que termina, pois, enquanto o idoso tem os olhos postos no horizonte, de onde o sol desponta e ilumina a esperança, o velho tem sua miopia voltada para as sombras do passado.
O idoso tem planos; o velho tem saudades.
O idoso curte o que lhe resta da vida; o velho sofre o que o aproxima da morte.
O idoso leva uma vida ativa, plena de projetos e prenhe de esperança. Para ele o tempo passa rápido, mas a velhice nunca chega.
Para o velho suas horas se arrastam destituídas de sentido.
As rugas do idoso são bonitas, porque foram marcadas pelo sorriso; as rugas do velho são feias, porque foram vincadas pela amargura.
Em suma, idoso e velho podem ter a mesma idade no cartório, mas tem idades diferentes no coração.
   (Jocardo)

No Brasil, há quase vinte anos, foi promulgado o Estatuto do Idoso, para regular os direitos assegurados às pessoas com idade igual ou superior a 60 anos. São eles:

- Direito de envelhecer.
- Liberdade, respeito e dignidade.

- Alimentos.
- Saúde.
- Educação, cultura, esporte e lazer.
- Exercício de atividade profissional e aposentar-se com dignidade.
- Moradia digna.
- Transporte.
- Política de atendimento por ações governamentais e não governamentais.
- Atendimento preferencial.
- Acesso à justiça.

Claro que nós, nessa fase da vida, gostamos de usufruir de certos privilégios que nos são concedidos. O Poder Público sozinho não consegue atender a todos os direitos, e essa responsabilidade deve ser dividida com a família, com a comunidade e com a sociedade. Uma coisa é certa: respeitar o idoso, assegurar todos os seus direitos, é respeitar também o seu futuro.

Na cultura de Mali, um país do continente africano, há um provérbio que diz que "cada ancião que morre é uma biblioteca que se queima". Por isso que Ernest Hemingway dizia que "as árvores mais antigas dão os frutos mais doces".

Ser idoso ou velho depende muito de cada um. Ninguém tem o direito de ter medo da velhice. Embora seja a última, ela também é uma bela fase da vida. Sonhe e se divirta! Exercite a sua mente. Faça exercícios e seja sempre um idoso alegre e produtivo.

Nada é menos digno de honra do que um homem idoso que não tenha outra evidência de ter vivido muito, exceto a sua idade.
Sêneca

SER IDOSO...

Ser idoso não é olhar o tempo passar pela janela sem esperança do amanhã.

Não é ficar tricotando no sofá ou olhando os netos, parecendo que isso é a única coisa que ainda resta a fazer na vida.

Ser idoso não é ter muitos anos de vida de tal forma a se achar que o único recurso é pensar no passado.

Ser idoso é mais...

É merecer respeito...

É receber amor...

É ter reconhecimento de tudo quanto fez e plantou ao longo de sua jornada...

É saber que ainda há tempo para aprender e ensinar...

É olhar para o céu e saber que o amanhã existe e será bem melhor do que o hoje foi...

É saber que existe sempre um motivo para sorrir...

Ser idoso é ser como é e lutar por um único objetivo, a felicidade. E a felicidade é algo que todos, independente da idade, tem o direito a usufruir.

Então aprenda a ser feliz, ainda que seja idoso...

Autor desconhecido

Três coisas são necessárias
para a salvação do homem:
saber o que deve crer, o que deve querer
e o que deve fazer, crer em Deus Pai,
querer a vida eterna e fazer o bem!

TOMÁS DE AQUINO
(1225-1274),
católico, filósofo e padre italiano.

Idoso o tempo me tornou...
Mas, velho sei que não sou...
Os anos me ensinaram a viver...
Aprendi que muito preciso absorver...
Pois serei sempre um eterno aprendiz...
Assim sendo, quero apenas ser feliz!!!

        PMarcos

Deixem-me envelhecer

Embora nem perceba, há três anos já ultrapassei a fronteira dos oitenta anos. Sinto-me bem, apesar de tantos anos vividos. Graças ao bom Pai Celestial, ainda não tive que pedir a ninguém "deixe-me envelhecer", embora todos nós tenhamos que ouvir as sábias palavras de Platão: "Deve-se temer a velhice, porque ela nunca vem só. Bengalas são provas de idade e não de prudência".

Até entendo que ninguém tem o poder de fugir da velhice. Os anos vão passando e, pouco a pouco, ela vem chegando. Não posso negar que hoje, após tantos anos decorridos, percebo em algumas partes o desgaste do corpo. Por isso, quando amigos perguntam sobre a minha saúde, de imediato respondo: "Bem, mas não queira saber os detalhes!"

Tive o privilégio de conhecer pessoalmente o nosso grande poeta e escritor Mario Quintana, considerado por muitos o "poeta das coisas simples". Sem recursos financeiros, foi acomodado na sua velhice num quarto de hotel cedido por um de seus admiradores, e ali ele recebeu uma amiga que comentou serem os espaços muito pequenos, e ele, o poeta das coisas simples, respondeu:

Eu moro em mim mesmo. Não faz mal que o quarto seja pequeno. É bom, pois assim tenho menos lugares para perder minhas coisas.

Alguém nos presenteou com o belo texto "Deixem-me Envelhecer", que em cada frase nos ensina a respeitar e aceitar o passar dos anos.

Deixem-me envelhecer sem compromissos e cobranças,
Sem a obrigação de parecer jovem e ser bonita para alguém.

Quero ao meu lado quem me entenda e me ame como eu sou,
Um amor para dividirmos tropeços desta nossa última jornada.
Quero envelhecer com dignidade, com sabedoria e esperança,
Amar minha vida, agradecer pelos dias que ainda me restam.
Eu não quero perder meu tempo precioso com aventuras,
Paixões perniciosas que nada acrescentam e nada valem.
Deixem-me envelhecer com sanidade e discernimento,
Com a certeza de que cumpri meus deveres e minha missão.
Quero aproveitar essa paz merecida para descansar e refletir,
Ter amigos para compartilharmos experiências, conhecimentos.
Quero envelhecer sem temer as rugas e meus cabelos brancos,
Sem frustrações, terminar a etapa final desta minha existência.
Não quero me deixar levar por aparências e vaidades bobas,
Nem me envolver com relações que vão me fazer infeliz.
Deixem-me envelhecer, aceitar a velhice com suas mazelas,
Ter a certeza de que minha luta não foi em vão: teve um sentido.
Quero envelhecer sem temer a morte e ter medo da despedida,
Acreditar que a velhice é o retorno de uma viagem, não é o fim,
Não quero ser um exemplo, quero dar um sentido ao meu viver,
Ter serenidade, um sono tranquilo e andar de cabeça erguida,
Fazer somente o que eu gosto, com a sensação de liberdade.
Quero saber envelhecer, ser uma velha consciente e feliz!!!
    (Autora desconhecida)

    Talvez por razões biológicas, psicológicas ou até mesmo sociais, estabelecemos quando inicia para cada um a velhice. Sei que para alguns ela tem início aos 60, para outros aos 70 ou até mesmo 80 anos. Confúcio já questionava naquele longínquo passado "qual seria a nossa idade se não soubéssemos quantos anos nós temos".

    Deixem-me envelhecer.

    Esta é uma etapa da vida da qual não podemos fugir. Todos nós chegaremos lá! Eu já cheguei, mas será bom se tivermos sempre o cuidado de chegar nesta etapa da vida sem doenças e saudáveis. Só assim poderemos desfrutar de nossa velhice com paz e alegria em nossos corações.

Nada é para levar

"A vida pode e deve ser bela."
Essas palavras foram proferidas por Glória Maria, recém-falecida. Ela se tornou muito conhecida e respeitada pelos brasileiros. Foi jornalista, repórter e apresentadora de televisão. Ela soube, com enorme dedicação, bem aproveitar todas as oportunidades que lhe foram oferecidas. A vida pode ser bela! Sabia, como poucos, que o bem gera o bem. Para Voltaire, "fazemos o mal cem vezes por dia e encontramos oportunidade para fazer o bem uma vez por ano". Essa mulher, que amava a vida, procurava fazer o bem todos os dias.

Ela sabia que desta vida nada se leva. Só se deixa! Seguindo esse princípio, ao partirmos devemos deixar o nosso melhor, deixar boas lembranças dos feitos que realizamos.

Glória Maria deixou-nos uma linda mensagem: "Nada é para levar, tudo é para se viver aqui!"

Você já se hospedou em um hotel all inclusive?
Lembro que quando fizemos o check-in *naquele imponente* resort, *eles colocaram uma pulseira verde-maçã em nossos pulsos. Explicaram-nos que não devíamos perdê-la, pois a pulseira nos daria acesso a todas as facilidades, que com ela poderíamos desfrutar de tudo daquela porta em diante. E assim foi...*
Todos os dias podíamos passear por aquele lugar incrível e tomar banho em qualquer uma de suas belas piscinas.
Lembro também que algumas pessoas preferiram ficar no quarto. Perguntava-me como era possível que não queriam aproveitar esse presente se já estava tudo pago?

Nesse local também tivemos acesso aos diferentes restaurantes que faziam parte do complexo. Havia uma variedade impressionante de comidas, sobremesas e bebidas. Só havia uma regra: "Nada é para levar, tudo é para comer aqui".
Assim é a vida...
Ao nascer Deus nos dá uma pulseira chamada "Vida", e através dela temos acesso a este fascinante mundo criado por Ele.
Enquanto seu coração bater, você terá a oportunidade de aproveitar a vida que Deus lhe dá. Mas tal como naquele resort, *neste mundo vale a mesma regra: "Nada é para levar, tudo é para se viver aqui".*
A diferença entre um hotel e um resort *é que o primeiro foi feito só para dormir e ficar trancado e o segundo, para explorar e curtir.*
A vida não é um hotel! É um resort *5 estrelas. Portanto, NÃO fique trancado no quarto da sua mente, dos seus problemas, da sua amargura, da sua raiva, do seu medo, da sua dor ou da sua preocupação.*
Se você está respirando é porque ainda tem a pulseira...
Aproveite tudo e aprecie toda a beleza que o Criador oferece para você:
A natureza.
Um telhado.
Um trabalho.
A companhia de seus entes queridos.
Seus amigos.
Comida na mesa, uma deliciosa sobremesa.
Um abraço, um beijo, um sorriso, um eu te amo, um eu preciso de você.
Um perdoe-me ou um eu perdoo você; e
A possibilidade de deixar o passado no passado.
Viva! Porque ninguém viverá por você!
Aproveite a pulseira... Em vida!
Pois na vida... Nada é para levar, tudo é para se viver aqui.

Olá, grande amigo(a)!

Estas últimas linhas não se trata de uma despedida. Convido todos a celebrarem o presente. Agradeço por todos os momentos em que estivemos juntos nesta obra. Foi um na vida do outro.

Espero ter contribuído, ainda que de maneira singela, para estimulá-lo a reunir as forças necessárias para que você realize todos os seus sonhos e seja feliz.

Na vida, uma das melhores emoções é a do reencontro. Espero voltar, com o nono livro, mantendo a mesma linha desde o primeiro: elevar sua autoestima.

Peço apenas que sempre lembrem as palavras do nosso poeta Mário Quintana:

Amigo, se me esqueceres, só uma coisa: esquece-me bem devagarinho.

Amo todos vocês! Recebam um beijo carinhoso.

O autor

43